어쩌다
연 애
따위를

차 례

하...
이 완벽한
비주얼~
나도 내게
반하겠네♡

바람둥이의 순수

휴대폰 너머로 쨍쨍거리는 목소리가 터져 나온다.

반사적으로 휴대폰을 귀에서 떨어뜨린다. 아, 귀 따가워.

휴대폰에서 흘러나오는 괴성에, 게임에 열중하고 있던 안펑이 내 쪽으로 고개를 튼다.

입만 뻥긋거리며, 들켰어? 하고 물어 온다.

나는 대답 대신 씩 웃는다.

웃음이 나오냐? 인간아. 안펑이 혀를 찬다. 그러면서도 흥미로운 눈으로 나를 주시하고 있다. 동그랗게 뜬 순진한 눈이 귀엽다. 난 귀여운 것에 약하다. 그게 물건이든 동물이든 사람이든 간에 좋아 죽는다. 다가가 볼을 꼬집었더니, 미친 듯이 팔을 휘둘러 댄다. 하하, 귀여워.

휴대폰 너머에선 여자애가 여전히 떠들고 있다. 간간이 숨이 막히는지 중간에 말이 끊기기도 한다. 죽을 것같이 숨을 몰아쉰다. 걱정 마. 숨 좀 막히는 걸로 사람 안 죽어.

너 나한테 어떻게 이래? 걔 누구야? 언제부터야?

남자 친구가 바람피운 사실을 알게 된 여자들의 멘트는 왜 하나같이 식상할까? 왠지 나도, 누가 그래, 오해하지 마, 절대 아니야, 미안해, 다신 안 그럴게, 같은 수순으로 진행되는 식상한 반응을 보여 줘야만 할 것 같잖아.

나는 나를 주시하고 있는 안평을 지그시 바라보았다. 안평이 침을 꿀꺽 삼킨다. 머리채 잡히게 생긴 건 난데 왜 자기가 긴장하고 난리야? 하하, 귀여워. 또 볼을 잡으려고 했더니 이번엔 발길질이다.

안평. 풀네임, 안평해.

이 귀여운 녀석은 바로 내 친구다. 그것도 3년이나 된 베스트 프렌드. 개도 서당 생활 3년이면 풍월을 읊는다는데, 나 같은 연애의 달인 옆에서 3년이나 친구 먹는 영광을 누렸으면서도 연애는커녕 여자애 근처에도 못 가는 걸 보면, 머리가 나쁜 거든가 아니면 그냥 바보든가 둘 중 하나다. 남자들이 여자들 마음을 모르는 건 사고가 단순해서 그런 건데 이 녀석은 그 남자들 중에서도 심하게 단순하다.

어쨌든 한 번도 연애를 못 해 봐서인지 아니면 단세포라 그런 건지, 내가 바람피우다 걸리는 거 한두 번 본 것도 아니면서 매번 반응이 너무 귀엽다.

안평, 잘 봐 둬. 들켰을 땐 이렇게 하는 거야.

일단은 잠자코 듣는다. 쓸데없이 설명하고 변명할 필요 없다. 입만 아프고 시간만 많이 잡아먹지 별 효과도 없으니까. 여자들은 하고자 마음먹은 말은 어떻게든 다 하고 마는 족속이다. 이러 저러해서 내가 널 의심할 수밖에 없고, 평소에도 이런저런 불만들이 쌓이고 쌓였었다며 옛날 옛적 얘기까지 주절주절. 여자들의 이런 면은 분명 피곤하지만 만족할 만큼 토해 내고 나면 전의를 상실한다는 장점도 있다. 그러니 열 좀 식을 동안만 기다려 주는 거다. 얘는 말이 좀 기네. 손톱이나 깎을까?

"뭐야? 왜 말이 없어? 뭐라고 말 좀 해 보라고. 지금 나 무시하는 거야?"

이 대사가 나올 때까지.

"무슨 말?"

최대한 감정 없이 되물어 준다.

"지금 몰라서 묻는 거야? 나한테 설명해 보라고!"

이 말은 변명을 하라는 뜻이다. 하지만 지금은 변명할 타이밍이 아니다. 괜히 변명 시작했다가 말꼬리만 잡힌다. 그간의 경험으로 봤을 때 얘는 앞으로 다섯 시간은 더 싸울 수 있는 상태다.

뭐, 어쨌든 변명할 기회를 주는 건 한편으론 날 믿고 싶다는 뜻이기도 하다. 이럴 땐 당당하게 나가면 된다.

"나 못 믿어?"

우웩! 안평이 구역질을 한다. 내가 생각해도 오글오글하다.

"그런 말이 아니잖아!"

어쩌고저쩌고. 또 떠들어 댄다. 어쩌면 이렇게들 나오는 대사가 비슷한지. 더 이상 길게 끌 거 없다. 짜증 나기도 하고. 얘는 왜 이렇게 에너지가 넘쳐. 뭐, 이 정도 들어 줬으면 나름 예의는 차린 거지.

들켰을 때 대처법? 별거 없다. 한 가지만 기억하면 된다.

적, 반, 하, 장.

속담으로 치면, 방귀 뀐 놈이 성낸다, 정도. 생각해 보라, 방귀 뀐 놈이 왜 성을 내는지. 그게 제일 통하는 방법이니까 먼저 치고 보는 거다. 한 놈이 세게 나가면 나머지 한 놈은 당황해서라도 주춤하게 되는 게 이치다.

"결국 못 믿겠다는 말 아냐? 그렇게 못 믿겠으면 관둬, 관두라고!"

버럭, 화를 내고 전화를 집어 던져 버렸다. 물론, 폭신한 침대 위에. 내 폰은 소중하니까. 안평이 깜짝 놀란 얼굴로 날 보고 있다. 너무 리얼했나? 진짜 화난 줄 알았나 보다. 아, 귀여워. 팔을 벌리고 다가갔더니 식겁하며 빠져나간다.

위이이잉…….

확인할 것도 없이 아까 걔다. 전원을 눌러 꺼 버린다. 흥분한 상태에서 더 얘기해 봤자 어차피 똑같은 말만 되풀이될 뿐이다. 한 며칠 전화 받지 말아야지. 며칠 진 빼다 연락하면 열에 아홉은 화내는 척 좀 하다가 다시 넘어오게 되어 있다. 아님 말고. 어차피 연애도 배팅이다. 과감할 필요가 있다.

"결국은 적반하장이고 뭐고 더 좋아하는 사람이 지는 거네?"

짜식, 그래도 핵심은 파악하고 있었네. 그간 가르친 보람이 있다. 그러니까 연애를 잘하려면 상대방보다 조금만 덜 좋아하면 되는 거다. 그건 절대 변하지 않을 진리다.

하지만 이건 어디까지나 기본 중의 기본이고, 아마추어와 프로의 차이는 좀 더 기술적인 데서 갈린다. 바로 타이밍. 밀당이고 적반하장이고 간에 타이밍이 맞아야 착 소리가 나는 거다. 이 타이밍을 못 맞추면 착 소리가 아니라, 뺨에서 짝 소리 나기 일쑤다.

"타이밍 좋아하네. 넌 어떻게 끝까지 뻔뻔하냐?"

"그게 매력인 걸 어쩌라고. '나쁜 남자' 몰라?"

"'너는 그냥 '나쁜 놈'이거든."

"칫."

"어디서 삐친 척이야. 이 새끼는 아무한테나 아양을 떨고 지랄이야. 아우, 쏠려."

안평이 투덜거리며 가방을 멨다.

"어? 가려고?"

얼른 다가가 허리를 부여잡는다.

"가지 마, 응? 이 넓은 집에 나만 두고 갈 거 아니지? 응?"

"이 미친 새끼가. 니네 집 별로 안 넓거든. 딱 봐도 한 30평밖에 안 되겠구만."

"야! 38평이거든. 이 집 사려고 우리 엄마, 아빠가 통닭 몇 마리 튀긴 줄 네가 알아? 내 눈엔 엄청 넓거든."

"그럼 이 넓은 집에서 밤새 너 혼자 재벌 드라마 찍으면 되겠네."

"야! 꼭 이렇게 가야겠냐? 어차피 내일 학교도 안 가는데."

애절한 눈으로 붙잡고 늘어지자, 이 자식 슬그머니 눈빛을 피하며 한다는 소리가,

"잠은…… 집에서 자야지."

하하, 이런 귀여운 영혼이 있나. 내가 이래서 널 좋아해.

"안평, 너……."

"나 뭐?"

뚱하니 되묻는 모습이 정말이지 아무 생각 없어 보인다. 저 남학생 특유의 백치미라니. 나도 남학생이긴 하지만 도저히 안평은 따라갈 수 없다.

"너 진짜 고등학생 같다는 거 아냐?"

"개소리 할래?"

어쩌면 욕도 저렇게 남학생같이 하는지.

"너 진짜 평범하다고."

"야, 네 눈엔 이 형님의 조각 같은 얼굴이 보이지 않냐?"

"요즘은 조각을 염산에 담갔다 꺼내냐?"

정말이지 그러고 보니 얼굴도 진짜 평범하다. 둥글넓적 밋밋. 딱 평범 그 자체.

"아, 뭐 어쩌라고?"

"아니. 너무 평범해서 이상하다고."

그렇다. 안평은 평범해서 이상하다.

안평은 너무 고등학생 같다. 너무 평범하다. 그래서 이상하다. 내가 안평에게 3년간 느낀 귀여움의 정체가 이거였구나. 순간적으로 깨달았다. 사실 대부분의 아이들이 평범해 보이지만, 알고 보면 다 이상한 녀석들뿐이다. 알고 보니 성격이 좀 이상하다거나, 알고 보니 노인네 같다거나, 알고 보니 변태 같다거나. 좀 이상하게 들리겠지만 사람은 누구나 이상한 거다. 알면 알수록. 그런데 안평은 알면 알수록 평범하다. 이게 바로 남자 고등학생이다, 라고 제시된 문제집 표지 모델을 보는 느낌이랄까. 솔직히 요즘에 중학생 같은 중학생이 어디 있으며, 고등학생 같은 고등학생이 어디 있어? 그러니까 한마디로 학생이 학생 같아서 이상하다고나 할까? 이상하지 않아서 이상하다라고나 할까?

내 말이 너무 복잡했는지 안평의 얼굴이 묘하게 일그러진다. 하지만 이내 특유의 뚱한 표정으로 돌아온다. 조금만 복잡해도 생각하는 걸 포기해 버리는 녀석이다. 녀석은 나에게 명쾌한 한 마디를 남기고 돌아섰다.

"지랄."

하하, 귀엽다니까.

웃느라 당겨져 있던 얼굴 근육이 순식간에 축 늘어진다.

5분도 지나지 않았다.

안평이 이 집을 나간 지 5분도 지나지 않아 집 전체가 가라앉아 버린 기분이다. 방 안에 떠돌던 활기가 빠른 속도로 사라져 가는 게 눈에 보이는 것만 같다.

"지랄."

안평의 말처럼 나는 지랄 맞을 정도로 감수성이 예민하다. 나는 혼자 있는 걸 잘 견디지 못한다. 그러면서 누군가 나를 구속하는 것도 견디지 못한다. 혼자 있고 싶어 하지만 혼자 있는 걸 못 참고, 누군가와 함께하고 싶어 하지만 그것 역시 참지 못한다. 아, 뭘 어쩌라고, 소리가 절로 나온다. 청소나 할까? 아, 어떻게 이렇게 깨끗하지? 그때그때 정리해서 손댈 게 없는 책상, 습관적으로 매만져서 늘 세팅되어 있는 침대, 의류 매장 직원도 놀랄 정도로 잘 정리되어 있는 옷장. 가방이며 모자 하나까지 모든 게 다 제자리에 있다.

나 혹시 결벽증인가?

순간 가슴이 철렁했지만, 거실로 나온 순간 안도의 한숨이 나온다. 어질러진 거실. 이 집에서 깨끗한 건 나와 내 방뿐이다. 정말 결벽증이면 이런 집에선 살지도 못하겠지? 다행히 결벽증은 아닌 것 같다. 하긴, 딱 남학생만큼 지저분한 안평이랑도 잘 어울리니까.

휴대폰 전원을 다시 켠다. 곧 순정한테서 전화가 올 시간이다. 순정은 내 여자 친구다. 음, 그러니까 이쪽이 메인이다. 굳이 비유를 하자면 아까 걔는 애인, 이쪽은 본부인 정도. 걔는 나에게 "왜 바람을 피웠냐."라고 따졌지만, 사실은 "왜 나랑 바람을 피웠냐."라고 물었어야 옳은 것이다. 하지만 굳이 정정해 주지 않았다. 어떻게 내 입으로 "이보세요. 사실은 네가 바로 바람 상대예요."라고 말할 수 있겠는가. 따다다닥 밀려 있던 메시지들이 요란하게 들어온다. 부재중 전화 25통, 메시지 19개. 그새 많이도 했네. 성격 집요한데. 아무래도 얘는 정리를 해야겠다. 집착하는 여자는 무섭다.

메시지와 통화 목록을 삭제한다. 확인과 동시에 삭제하는 건 거의 습관이다. 여자 친구에게 들키지 않는 비결이기도 하고.

그 많은 메시지 중에 순정한테 온 건 하나도 없다.

무심하긴.

살짝 기분이 상하지만 이내 그럴 수도 있지, 하고 쿨하게 넘긴다. 바람이 무조건 나쁜 것 같지만, 이럴 때 보면 좋은 점도 있다. 여유가 생긴다는 것. 왜 문자 안 해? 왜 바쁜 척해? 너 예전이랑 달라진 거 알아? 사소한 문제로 상처 입고 끝도 없이 싸우게 되는 게 연애다. 하지만 나처럼 바람을 피우면 사소한 문제에 대해선 쿨하게 넘길 수 있다. 지은 죄 때문에 찔려서라기보단, 보험 하나 들어 놓은 사람의 여유라고나 할까? 상대에게 집착하지 않으니 사사건건 간섭하는 일도 줄어든다.

한 살 연상인 순정은 고3이다. 고3은 바쁘다. 학원에 독서실에 일정이 빡빡하다. 내가 서운해하기 시작하면 순정도 나도 힘들어진다. 어쩌면 우리 사이가 평화롭게 유지되는 건, 다 내가 바람을 피워 주는 덕분인지도.

유쾌하게 결론을 내렸는데, 자꾸 기분이 가라앉는 이유는 뭐지?

한번 기분이 가라앉기 시작하면 한없이 우울해진다. 이럴 땐 떠들거나 움직여야만 한다. 내가 감당할 수 없을 정도로 가라앉기 전에 예방을 해야만 한다. 감성적인 건 꽤 피곤한 일이다.

가게에나 나가 볼까?

부모님은 내가 어릴 때부터 치킨집을 운영하고 있다. 간판은 치킨집이지만 그냥 술집이다. 배달 같은 건 하지 않고 술손님만 받는다. 금방 튀긴 따끈따끈한 치킨이 메인 안주지만 마른안주와 탕도 판다. 딱 봐도 변두리에, 유동 인구도 많지 않고, 활성화되지 않은 역 뒤편이라 장사가 될까 싶지만, 밤만 되면 동네 분위기가 확 바뀐다. 어디서들 오는 건지, 나이 지긋한 중년의 아줌마 아저씨들로 거리 곳곳이 붐비는 것이다.

　나는 그 분위기가 좋다. 야행성 짐승처럼 조금은 끈적한 활기가 마음에 든다. 어릴 땐 학교를 마치면 가게 한쪽 구석에서 숙제를 하고, 다른 가게 애들이랑 밤 9시 정도까지는 기본으로 놀다가, 다시 가게로 돌아와 텔레비전을 보면서 잠들곤 했었다. 하지만 혼자 밥을 차려 먹고 혼자 집에 있어도 될 정도로 크면서는 가게에 잘 나가지 않았다. 부모님이 내가 가게에 오는 걸 별로 좋아하지 않기 때문이다. 그 이유는 손님들이 주로 불륜 커플이라 그렇다. 난 뭐, 별 상관 없는데.

　아, 그렇다고 내가 불륜 커플을 이해한다는 건 아니다. 불륜이라니. 참 나, 범죄잖아. 더군다나 자식까지 있는 사람들이 자제가 안 되나? 그럴 거면 애는 왜 낳았는지. 연애할 때 바람피우는 것과 결혼한 뒤 바람피우는 것은 차원이 다른 거다. 연애는 당사자의 문제지만, 결혼은 제3자에게도 피해를 주는 거니까. 난 결혼하고 나면 절대 바람 따윈 피우지 않을 거다. 이미 할 만큼 다 해 봤는데 늙어서까지 뭘. 늦바람이 무섭다고, 바람도 어릴 때 피워 버릇해야 하는 거다. 결정적으로 난 어린애들에게 상처 주는 인간들이 정말 싫다. 귀여워서 보고만 있어도 눈물 날 것 같은데 말이야.

　"하, 엄마 보고 싶다."

　뜬금없이, 내가 듣기에도 참 어린애 같은 목소리가 흘러나온다. 노느라 바쁠 때는 생각도 안 나는 엄마가, 왜 혼자 있을 때면 미친 듯이 보고 싶어지는지.

부모님은 가게 때문에 오후에 집을 나서고 새벽이나 돼야 집에 온다. 내가 학교에 가 있는 동안 출근을 하고, 내가 자고 있는 동안 집에 오는 것이다. 가게 특성상 쉬는 날도 한 달에 두 번밖에 없다. 오고 가며 얼굴 마주치는 게 다인 생활이지만 늘 그렇게 살았기 때문에 익숙한데, 이렇게 한 번씩 미치게 외롭다.

엄마한테 가게 구석에서 살다시피 하던 때가 좋았다고 말하면 철없다고 웃겠지?

가게 나가는 건 포기하고, 대신 고무장갑을 끼고 설거지를 한다. 설거지라고 해 봐야 안평이랑 먹은 그릇 몇 개가 전부다. 나는 늘 바로바로 설거지를 하니까. 싱크대를 깨끗이 닦고 거실도 대충 치웠다. 부모님이 어지럽히고 나간 집이 몇 분 만에 깨끗해졌다. 확실히 살림 솜씨는 엄마보다 내가 나은 것 같다. 어쩌면 요리 솜씨도 내가 나을지 모르지만, 그것만큼은 더 이상 연마하지 않고 있다. 요리까지 잘했다간 엄마가 날 가정부로 부려먹을지도 모르니까. 안 그래도 은근히 살림을 미루는 게 보이는데 말이다. 잠깐, 혹시 가게 나오지 말라는 게, 내가 집에 있으면 집안일 다 하니까 그걸 노린 거 아냐?

의심이 가지만, 나도 모르게 빨래를 걷고 있다. 어휴, 착해도 탈이다.

그러고 보면 난 심청이만큼 착한 데다, 콩쥐 뺨 후려치게 살림도 잘하고, 유머는 기본에, 센스는 옵션, 눈치는 백단, 설상가상 머리가 좋아 공부도 곧잘 하고, 늘씬한데 키까지 크고, 말은 예쁘게 하는데 목소리는 섹시하고 난리, 얼굴은 잘생기기까지…… 하, 완벽하잖아. 누구 남편이 될지 모르지만 젠장, 그 여잔 전생에 나라를 구했나, 어떻게 나 같은 놈을……. 위이이이잉. 액정에 '바보'라고 뜬다. 순정이다.

얘도 참 타이밍이 절묘하다니까.

넌 전생에 나라를 구한 게 틀림없어. 미래에 내 부인이 될지도 모르니까. 안평은 바람돌이 주제에 개소리 말라고 하지만, 나는 늘 결혼을 생각한다. 물론 내 '여자 친구'와.

바람피우는 상대는 여자 친구라고 생각하지 않는다. 그저 스쳐 지나가는 인연일 뿐. 당연히 걔들은 꿈에도 모르겠지만. 바람둥이에게도 나름의 원칙과 우선순위는 있는 거다.

"왜 이제 전화해애."

애교는 본능이다.

나는 정말 너에게 사랑받고 싶어. 내가 비록 바람을 피우긴 하지만 마음속에 여자는 너뿐이야. 바람둥이에게도 순정은 있는 법.

"미안. 엄마랑 잠깐 얘기 좀 하느라고."

하, 귀여워.

순정은 목소리가 귀엽다. 조그맣고 가볍다. 베이비파우더처럼 가루가 폴폴 날리는 것 같은 목소리다. 그래서 전화 통화를 하는 게 즐겁다. 막 사귀기 시작했을 때는 밤새 통화를 한 적도 많다. 귀가 참 뜨거운 밤들이었지.

그렇다고 순정의 외모는 귀엽지 않느냐……. 내 눈엔 귀엽다. 음, 그러니까 객관적으로 볼 때 순정은 귀엽거나 예쁜 여자라고 하기는…… 힘들다. 솔직해서 미안해, 순정. 하지만 평범해서 더 좋은걸. 그러고 보면 이제껏 내가 사귄 여자 친구들은 하나같이 평범했다. 아니, 사실 평범하진 않았다. 평범한 애들보다 좀 더 순진했고, 평범한 애들보다 좀 많이 착했다. 그 애들은 같이 있으면 편안했고 쉬는 기분이 들었다.

그렇기 때문에 네가 정말 양아치라고, 안평은 말한다. 안평은 참 말도 주옥같이 한다. 순진한 애들만 골라서 사귄다고. 그러면서 몰래 바람이나 피우고.

어쩌면 나는 안평의 말대로 그런 애들만 골라 사귀는 건지도 모른다. 하지만 그런 애들이 좋은 걸 어쩌라고. 좋으면 잘하지, 바람은 왜 피우냐고? 그러게, 나는 왜 바람을 피우고 난리?

어쩌면 각이 이렇게 딱딱 맞는지. 통화를 하는 사이 각 맞춘 옷들이 소파 옆에 차곡차곡 쌓여 간다. 휴대폰을 어깨로 받치고 빨래를 개면서 묻는다.

"오늘 뭐 했어?"

"맨날 똑같지 뭐. 학원 갔다가 독서실 갔다가."

나는 어느새 집중하고 있다. 빨래 개는 데.

휴, 이게 문제인 거다. 매일이 똑같다는 거. 사람 사는 거 특히 학생 생활이란 게 '빤할 빤' 자고, 그렇다 보니 매일 할 말도 거기서 거기다. 처음에야 시시한 농담이나 오글거리는 칭찬으로도 밤을 샐 수 있었지만, 듣기 좋은 노래도 하루 이틀이다. 아직도 습관처럼 매일 일정한 시간에 통화를 하고 일과를 묻지만, 정말 서로의 하루가 궁금해서 묻는 건 아니다. 그저 일종의 습관이고 무언의 약속이다. 그렇다고 이런 생활이 싫으냐, 그건 또 아니다.

오히려 좋다. 억지로 대화 거리를 만들어 내 가며 대화를 하지 않아도 될 정도로 서로 잘 안다는 뜻이니까. 그런 거 없어도 유지되는 관계니까. 길이 든 신발을 신는 것처럼 편한 관계. 좋다. 하지만 편하다는 거, 익숙하다는 거, 분명 좋은 거지만 때때로 자극이 그리운 거다.

"지금 잘 거야?"

"아니, 공부 좀 더 하다 자야지."

"너무 무리는 하지 말고. 자기 전에 전화해."

"응, 알았어."

전화가 끊긴다.

순정은 알까? 끊어진 전화기 속에서 흐르는 정적이, 깊이만 있고 바닥은 없는 구멍 같다는 걸.

정말 모르는 거 천지라니까. 내가 바람피우는 것도 모르고. 절대 모르게 즐기고 싶으면서도, 한편으로는 살짝 보여 줘서 자극하고 싶은 이 마음은 뭘까? 나란 인간은 쿨해 보이지만 사실은 심술로 가득 차 있다.

아마 순정은 이것도 모를 것이다. 내가 한 번도 먼저 전화 끊은 적이 없다는 거.

결국 순정은 전화를 하지 않았다. 보나 마나 공부하면서 꾸벅꾸벅 졸다 잠들었겠지. 아무리 그래도 이 여자가 정말. 한두 번도 아니고. 그건 그렇다고 쳐. 그럼 일어나자마자 발딱 연락부터 해야 하는 거 아니야? 하여튼 생전 전화하는 법이 없지.

휴대폰을 신경질적으로 집어넣고, 테이블을 빡빡 닦는다. 아유, 이놈의 팔자. 안에서 청소하는 것도 모자라 밖에서도 청소네. 걸레질이 거칠어진다. 평소에는 아무렇지 않던 일이 다 짜증스럽다.

나는 주말에만 '로망'이라는 커피숍에서 아르바이트를 하고 있다. 아는 형의 형이 하는 거라서 보수도 괜찮고 일도 편하다. 사실 일 안 할 때도 허구한 날 놀러 오는 곳이라, 어차피 오는 거 아는 형한테 용돈 받는다 생각하면 일이라고 할 것도 없다.

게다가 번화가라 일 끝나고 놀러 나가기도 좋고. 내 이미지에도 잘 어울리고. 어디 가서 고등학생이 이만한 아르바이트를 구하겠어? 다 나 정도는 돼야 이런 데서 일도 하는 거지.

하지만 정작 나처럼 연약한 소년을 노동의 현장으로 몰고 있는 결정적인 이유는 따로 있었으니, 바로…… 데이트 비용 아니냐고? 바람까지 피우니 두 배는 드는 거 아니냐고? 훗, 내가 괜히 연애의 달인가? 모든 데이트 비용을 부담하는 건 길어야 두세 번이다. 매력적인 상대 앞에서는 여자들의 지갑도 저절로 열리게 되어 있는 거다. 아, 그렇다고 내가 제비처럼 상대의 등을 쳐 먹는다는 얘긴 아니다.

그럼 뭐 때문에 일을 하느냐고? 그 이유는 생뚱맞게도 운동화다.

집안 형편이 어려운 것도 아니고 용돈도 받을 만큼 받지만, 그놈의 운동화 값은 너무 비싸다. 운동화 하면 사시사철 신는 것 같지만, 의외로 유행에 굉장히 민감한 게 바로 운동화다. 유행 지난 운동화만큼 부끄러운 게 있을까? 게다가 운동화는 한정 수량만 만들기 때문에, 나오는 순간 미친 타이밍으로 사야지만 겟할 수 있다. 그러니 그 타이밍을 위해 늘 머니를 축적해 놓아야만 하는 거고. 그런데 운동화를 사고 나면 그 운동화의 소울에 어울리는 룩이 필요하고, 옷을 맞추고 나면 적절한 코디 용품이 필요하고, 다 장만하고 나면 또 새로운 영혼을 가진 운동화가 완전 핫하게 튀어나오고. 이건 뭐, 먹이 사슬도 아닌데 꼬리에 꼬리를 문다.

나는 새침하게 내 발을 내려다보았다. 이제는 돈 있어도 못 산다는 바로 그 운동화가 나를 물끄러미 올려다본다. 한때 내 자 부심을 한껏 치솟게 해 준 녀석. 하지만 이 녀석도 곧 바이 바이. 새로운 시리즈가 출고될 거라는 정보가 떴단다. 걘 너보다 더 핫 하대. 그래도 옛정을 생각해서 가끔 한 번씩은 신어 줄게.

그러고 보면 연애도 운동화를 닮았다. 이건 꼭 사야 돼! 하는 핫한 신상도 몇 달 안 가 시들해지듯, 아무리 핫한 연애라도 금 세 익숙해진다. 미련 없이 버리기 힘들다는 점도 닮았다. 아우, 이거 해외 배송에 완전 힘들게 구한 건데. 그래도 쟤만 한 애 없 는데. 그래서 결국은 신발장에 곱게 모셔 두고 바람을 피우게 되 는 거다.

익숙한 건 편하지만 어딘가 궁상맞다. 함부로 구겨 신은 운동 화를 별 수 없이 질질 끌고 다니는 것처럼, 관계를 유지하다 결 국에는 바이 바이.

아무리 멋진 것이라도 시간이 지나면 그렇게 된다. 아무리 멋 진 것이라도.

조용한 휴대폰을 들여다본다.

순정에게도 새 운동화가 필요한 걸까?

만난 지 반년. 질릴 때가 됐다. 곧 200일. 알고는 있을까?

깨끗해서 더 멋진 운동화를 노려보고 있는데 전화가 온다. 참 빨리도 연락하네. 가라앉은 기분으로 느릿하게 액정을 확인하니 안평이다. 안평은 근처 학원에서 주말 단과를 듣고 있다. 순정이 아닌 걸 확인하고 나니 기분은 더 가라앉는다. 나는 감정을 잘 숨기지 못한다. 아니, 숨기지 않는다. 의외로 나는 굉장히 솔직하다. 그건 연애에 있어서도 마찬가지다. 좋으면 표현하고, 싫으면 화내고, 슬프면 운다. 그리고 꼭 필요한 거짓말만 한다. 어쩌면 이런 것도 일종의 연애 비결일까?

"학원 끝났냐?"

불퉁한 목소리가 나온다.

"어."

질세라, 안평은 더 불퉁한 목소리로 대꾸한다.

"가게로 올래?"

"응."

심지어 말까지 짧다. 휴, 내가 졌다. 무뚝뚝한 자식. 전화를 끊으려는데, 녀석도 아직 안 끊고 있다. 순간, 울컥. 난 왜 이딴 게 감격스럽고 난리. 입에서 새된 목소리가 흘러나온다.

"자기 먼저 끊어."

뚝.

그렇다고 그렇게 확 끊을 것까진 없잖아. 쑥스러워하긴. 하여튼 귀엽다.

"아주 애절하네, 애절해. 좋을 때다, 연애도 하고."

언제 왔는지 서두가 말한다. 서두는 또 누구냐고? 그냥 아는 여자애다. 아는 누나, 아는 형, 아는 동생 할 때 그 아는 애. 원래 서두는 이 커피숍 주인 형의 동생의 아는 동생의 아는 애다. 그런데 그 형의 동생의 아는 동생은 또 나와 아는 사이고, 아는, 아는 사이다 보니 서로 아는 사이가 됐다고나 할까? 복잡한 거 같지만 한마디로 정의하면 그만이다. 아는 애. 끝.

쓸데없이 인맥만 넓히는 문어발식 인간관계는 좋아하지 않지만, 아는 관계는 꽤 편리하다. 내가 늘 끊임없이 연애를 할 수 있는 비결 중의 하나이기도 하고.

연애를 잘하지 못하는 사람의 특징은 꼭 필요한 관계만 만들고 유지한다는 점이다. 설상가상 만남을 두려워하기까지 한다. 그리고 그 대표 주자가 바로 안평이다. 뭐, 난 안평의 그런 점이 좋지만.

"연애는 무슨. 네가 소개 좀 해 주든가."

물론, 서두 너도 나쁘지는 않아, 라는 따뜻한 눈빛도 잊지 않는다.

"너 여자 친구 있잖아. 우리 학교 3학년."

말을 하는 서두의 눈이 빛난다.

우리는 지금 서로를 떠보고 있다. 일정한 간격을 두고 서로를 향해 빙글빙글 돌고 있는 기분. 이런 거 동물적이다. 좋다.

"헤어졌어?"

"아니."

"그런데?"

"그냥."

내가 어깨를 으쓱하자 피식 웃는다.

"붓기 많이 가라앉았았네. 완전 자리 잡았는데."

자연스레 불편한 화제에서 대화의 방향을 돌린다. 하지만 은근한 분위기는 그대로 유지한다. 고개를 비스듬히 틀고 서두의 눈꺼풀이 아닌, 눈을 응시한다. 때론 무언의 언어가 훨씬 적나라하다. 서두 역시 내 눈빛에 응하며 입을 연다.

"그렇지? 다들 나 쌍수 한지도 모르더라고."

이미 아는 사이인 애들은 이런 게 좋다. 서로에 대해 알 만한 건 다 알고 있다는 것. 그리고 '호감' 정도의 사이에서 자연스럽게 친밀해진다는 점도 좋다. 친구에서 연인으로 발전. 뭐, 이런 풋풋한 느낌도 조금은 있고.

"그 영화 진짜 재밌을 것 같지 않냐?"

"벌써 개봉했어?"

"아마, 내일 할걸?"

"진짜? 나 완전 보고 싶었는데."

"나도. 그래서 내일 보러 가려고. 같이 갈래?"

"그러지 뭐."

"그럼 내일……."

작업이 급속도로 진행되고 있는데, 휴대폰이 요란한 소리를

내며 문자가 왔음을 알려 왔다. 액정을 보는 순간, 피식 웃음이
난다. 하, 타이밍은 네가 한 수 위다. 순정.

   _ 어젠 깜빡 잠들어 버렸어. 허리 아프다. ㅜㅜ

뭐, 허리? 나 화났거든.

순정의 문자를 무시하고 휴대폰을 집어넣는데, 갑자기 등 뒤
가 오싹했다. 누군가 등 뒤에서 살기를 내뿜고 서 있는 것 같은
이 불길한 기분은 뭐지? 혹시 순정이 와 있나? 아니면 어제 개?

식은땀을 흘리며 뒤돌아 보니 안평이 서 있다. 감자같이 생긴
게 왜 불타는 고구마 같은 얼굴을 하고 있지?

"어, 왔냐?"

불퉁하게 인사하자 이 녀석 한 술 더 떠…… 어라? 그냥 나
간다. 뭐지? 지금 이 상황은? 황당해서 멍하니 있다가 얼른 쫓아
나갔다.

"야! 왜 그냥 가는데?"

들은 척도 안 하고 뛰어간다. 아씨, 뛰긴 또 왜 뛰어? 안평이
코너를 돌아 계단으로 내려간다.

"야!"

여기 7층이거든. 설마 계속 계단으로 갈 생각 아니지? 중간에
엘리베이터 탈 거지?

난데없는 추격전 끝에 겨우 붙잡고 비상구 쪽을 힐끗 보니, 제
길, 3층까지 내려왔다. 아, 무릎이야. 얘 오늘 진짜 왜 이래?

"너 무슨 일 있냐?"

걱정스럽게 묻자 고개를 팩 돌린다. 눈이 시뻘건 게 운 것 같기도 하고.

"너 혹시…… 오는 길에 삥 뜯겼냐? 중딩들한테 뜯겼지? 야! 이 동네서 중딩들 보면 둘러 가야 하는 거 모르냐? 그분들은 젊고 피가 뜨거우셔서……."

"미친……."

그제야 나와 눈을 마주친다. 다행히 동생님들한테 삥 뜯긴 것 같진 않고, 뭐지? 의문으로 가득 찬, 아무것도 모르겠다는 맑고 투명한 표정을 지어 주었더니 빽 소리를 지른다.

"야! 너!"

"나? 나 뭐?"

"어후, 시…… 진짜, 어제!"

"어제? 어제 뭐?"

"시댕, 어제! 어제 그 난리를 치고, 오늘 또 시작이냐? 이 발정 난 새끼야. 사계절 내내 발정이냐?"

바, 발…… 뭐? 충격으로 입을 쩍 벌리고 있는데, 내 팔을 홱 뿌리치고는 가 버린다. 쟤가 도대체 무슨 말을 한 거지? 뭐야, 지금? 나한테 무슨 일이 일어난 거야?

넋을 놓은 채 터벅터벅 계단을 올라 가게로 돌아갔다. 그리고 가게 문을 연 순간, 번쩍하고 정신이 들었다. 악!

엘리베이터! 안 타고 왔잖아! 아우, 무릎 쑤셔.

"간다. 내일 보자."

정신없는 와중에 서두가 상큼하게 사라진다. 그리고 서두가 남기고 간 파우더 향 향수 냄새가 코끝을 간질인다. 갑자기 머릿속도 간질간질하다. 머릿속에서 아까의 상황이 되감기 되더니, 어디선가 퍼즐들이 막 튀어나와 급작스럽게 딱딱 맞아 들어간다.

어제, 바람, 여자, 정리, 하지만 오늘은 오늘의 바람이 부는 법, 새로운 작업, 서두, 갑자기 등장한 안평, 갑자기 뛰쳐나가는 안평, 화내는 안평, 왜 안평은 내가 서두에게 작업 거는 걸 보고 화를 낸 거지? 내가 작업 거는 게 싫어서? 갑자기 왜? 내게 작업은 일상인데 뭘 새삼스럽게. 설마 서두 때문에? 서두…… 서두나? 서두나! 흠, 그렇게 된 거였군. 휴, 안평, 이 자식.

내가 서두에게 작업 거는 걸 보고 이성을 잃은 거였다. 서두에게 마음이 있었다니 정말 의외다. 아니, 의외가 아닌가? 나는 서두를 다시 찬찬히 떠올려 봤다. 조금 뚱뚱하긴 하지만, 스타일도 괜찮고 성격도 유쾌한 편이다. 문득, 언젠가 안평이 자기는 마른 사람보단 통통한 사람이 좋다고 했던 게 떠오른다. 난 정말 친구도 아니야! 그때 알아차렸어야 하는 건데. 걱정 마, 안평. 이제라도 내가 알게 됐잖아. 눈치 빠른 친구를 둔 걸 행운으로 알아라.

그런데 이 유쾌하지 않은 기분은 뭐지?

그러고 보면 난 안평에게 여자애를 소개해 준 적이 한 번도 없다. 다른 친구들한테는 다리도 수없이 놓아 주었는데, 정작 연애 한번 못 해 본 안평에게는 그런 적이 없다. 아는 여자애들과 어울릴 때도 안평을 부른 적이 없다.

"네가 그런 데 나 부른 적 있냐?"

언젠가 안평이 지나가는 말로 툴툴거릴 때도 나는 모른 척했었다. 나는 안평이 노는 애들 사이에 어색하게 끼어 불편해하는 게 싫어서였지만, 안평 입장에서 보면 충분히 섭섭할 수 있는 일이었다. 아, 나 왜 그랬지?

서두와 영화 보는 자리에 안평도 불러야겠다. 분위기만 잡아 준 뒤, 자연스레 나는 빠지는…… 내키지 않는다.

어쩌면 나는 이미 알고 있었던 건지도 모른다. 안평이 서두에게 관심이 있다는 걸. 그런데도 내가 안평에게 서두를 소개해 주지 않았던 건 왜지?

안평은 나에게 보통 친구가 아니다. 아는 형, 아는 누나랑은 비교가 되지 않는다. 물론 그냥 친한 친구와도 다르다. 그만큼 소중하게 생각하는 친구다. 안평과는 정말이지 평생 가는 관계가 되고 싶다. 또 그렇게 될 거라고 믿는다. 그리고 그렇게 생각하는 건 안평 역시 마찬가지다. 겉으로는 무뚝뚝하게 굴지만 속으로는 늘 나를 살피고 있다는 걸, 가장 소중하게 생각한다는 걸 나는 잘 알고 있다. 그래서 나는 늘 안평에게 연애 좀 하라며 실없는 말을 늘어놓으면서도, 안평에게 한 번도 누군가를 소개해 주지는 않았다. 사실은 안평에게 여자 친구가 생기는 게 싫었던 거다. 안평이 여자 친구에게 집중하느라 우리의 관계가 변할까 봐. 나를 소홀히 대할까 봐.

에이, 설마. 나 그런 속 좁은 사람 아니라고.

하지만 나는 알고 있다. 내가 얼마나 이기적인지. 나는 사실 그런 인간인 거다. 나보다 네가 더 사랑해 주길 원하고, 나는 등을 보여도 너는 등을 보이지 않길 원하고, 내가 어딜 보든 너는 나를 봐야 하고, 내가 어떻게 행동하든 너는 무조건적으로 이해해 주길 원하는 거다. 그게 연인이든 친구든.

모른 척하고 싶었던 이기심에 기분이 가라앉아 버렸다. 우울함이 막처럼 내려앉는다. 그 위를 불쾌함이 뒤덮는다. 안평에게 여자 친구가 생길지 모른다는 것에서 오는 불쾌함과, 축하는 못 해 줄망정 불쾌함을 느끼는 나의 이기심을 인정하고 싶지 않은 것에서 오는 우울함. 불쾌함과 우울함이 겹겹이 쌓여 숨이 막힐 것 같은데도 나는 무기력하게 서 있다.

띠디디디디디디디딕.

요란한 수신음에 몸이 움찔한다.

미안해, 미안해, 미안해, 미안해, 미안해, 미안해, 미안해…….
끝없이 이어지는 사과의 행렬. 피식, 웃음이 나온다. 다른 말이 떠오르지 않아 혼자 끙끙거렸겠지. 고마워, 순정. 겨우 분위기가 전환됐어.

넌 항상 타이밍이 기가 막혀. 너, 그거 모르지. 너랑 제일 오래 사귀었다는 거.

나는 가끔 순정과 결혼해 예쁘게 사는 꿈을 꾼다. 퇴근하는 길에 순대 같은 걸 사서 들어가고, 비 오는 날엔 빈둥거리며 부침개를 해 먹고, 같이 영화를 보며 이러쿵저러쿵 품평을 하고, 잠자기 전에 맥주를 마시며 사소한 얘길 나누고, 애는 둘쯤 낳고. 생각만 해도 행복감이 밀려든다.

어쩌면 꼭 결혼을 해야지만 그렇게 살 수 있는 건 아닌지도 모른다. 순정이라면 조금 앞당겨도 나쁘지 않을 것 같다. 나도 이제 착한 연애라는 걸 해 볼까? 한 사람에게만 집중하는 착한 연애. 착한 연애를 하다 보면 착한 남자가 될 거고, 아마 착한 친구도 될 수 있을 거다.

짧은 연애와 바람도 결국은 에너지 소모다. 늘 되풀이되는 고만고만한 연애, 지겹다. 아까 안평이 외친 바, 발…… 뭐라는 단어 때문에 이러는 거 절대 아니다. 하지만 짚고 넘어갈 건 짚고 넘어가야겠지. 안평, 잘 들어. 난 그 바, 발! 이라서 바람을 피워 온 게 절대 아니라고. 다만 피치 못할 여러 이유가 있었을 뿐. 어린 시절 한때의 방황이라고나 할까. 사실 난 뼛속 깊이 순수한 남자란 말이야. 난 요, 욕정에 눈먼 사람이 아니라고! 아, 억울해. 이 억울함을 순정과 나의 순수한 사랑으로 달래야지.

_ 이따 만날래?

문자를 쓰고 있는데 무언가 깨지는 소리가 들렸다. 주방에 들어가 보니, 같이 알바 하는 대학생 누나가 머그컵을 여러 개 깨먹었다. 당황해서 어쩔 줄 몰라 하기에, 사장 형이 보기 전에 잽싸게 치워 버렸다. 상황을 다 수습하고 돌아보니, 놀랐는지 얼굴이 상기돼 있다. 그깟 컵 몇 개 깬 게 무슨 대수라고. 어휴, 이 누난 또 왜 이렇게 순진하고 난리.

"누나, 놀랐어요?"

다가가 얼굴을 들여다보자 얼굴이 확 붉어진다.

"어, 괘, 괜찮아."

얼른 등을 돌리고 서서는 일을 하는 척한다. 하지만 나를 의식하고 있다는 게 생생하게 느껴진다.

사람의 감정이라는 건 숨길 수 없는 건가 보다. 말로 표현하지 않아도 느낄 수 있다. 아, 이 사람 나한테 호감이 있구나. 좋아하는구나. 의식하고 있구나. 어색한 시선 처리, 의도적인 외면, 긴장된 뒷모습에서 다 들켜 버리고 만다. 일부러 누나의 뒷모습을 뚫어져라 쳐다봤다. 더욱 허둥댄다. 이 누나 역시 보지 않아도 느끼고 있는 거다. 내가 자신에게 시선을 보내고 있다는 걸.

새삼, 연애 못 하는 사람들이 참 답답하다. 이렇게 다 보이는데 도대체 왜 못 하는 거지?

"참, 누나 제 전화번호 모르죠?"

"어? 어."

"번호 찍어 줘요. 나중에 급한 일 생겨서 알바 빠지게 되거나
하면 연락하게. 누나도 급한 일 생기면 얘기해요. 서로 말해 주면
좋잖아요."

아마 그런 일로 서로 연락할 일은 없을 것이다. 사장 형도 휴
대폰 있으니까. 대신 우리는 일상적인 문자를 띄엄띄엄 보내게
되겠지. 처음엔 받은 문자에 예의상 답문 해 주는 식으로. 그러다
그 횟수가 잦아지고 나중엔 통화를 하게 될 거다. 그리고…… 후
후후훗.

저장을 누르고 돌아서는데 아차 싶다. 나 지금 또 작업 건 거
지? 방금 전까지 한 사람한테 집중하겠다느니, 고만고만한 연
애 지겹다느니 하지 않았나? 습관이 무서운 건가? 아니면 바,
발……! 소름이 오싹 끼친다.

나 혹시 이거 병 아냐?

나를 좋아하고 있다고
왜 말을 못해!
왜!

너도 나쁘지 않아

"에이."

잠깐 멈춰 서서 당겨 올라간 치마를 끌어내렸다. 너무 타이트한 걸 입었나? 어휴, 불편해. 괜히 55 사이즈에 집착하는 게 아니었어. 그래도 입을 만해서 샀는데. 설마! 그새 또 살쪘나?

생각이 채 마침표를 찍기도 전에 확 짜증이 치민다. 때마침 지나가던 비쩍 마른 여자애 둘이 허옇게 드러난 내 허벅다리를 힐끔거린다. 저것들이!

뭘 봐? 죽으려고.

눈을 부라리며 아래위로 훑어 주자, 얼른 시선을 피하며 종종걸음 친다. 성격 좀 있어 보이는 얼굴이 이럴 땐 참 좋다.

하지만 얼마 안 가 또 시선들이 와 박힌다. 대단한 거라도 발견한 듯 자꾸만 허벅지로 와 박히는 시선들. 뭘 보시나요? 짧은 치마 입은 뚱뚱한 여자 처음 보세요? 나보다 더 뚱뚱한 애들도 많거든요? 니들 때문에 내가 인상을 필 수가 없어요. 에이 씨, 이러다 얼굴에 주름 생기겠네.

사람들이 쳐다보는 게 싫으면 짧은 치마를 안 입으면 되지 않냐고? 아니, 내가 왜? 내가 왜 입고 싶은 것도 못 입고 살아야 하는데? 그리고 펑펑한 거 입으면 더 뚱뚱해 보인다고! 내가 펑펑한 거 입고 완전 아줌마 같아 보이면 댁들이 책임질 거야? 내가 아줌마같이 입고 성적인 매력을 어필하지 못해서 평생 혼자 살면 댁들이 책임질 거냐고? 누구는 살 찌고 싶어서 찌는 줄 아나. 체질인 걸 어쩌라고! 아, 그래. 좀 많이 먹긴 한다. 하지만 입이 단 걸 어쩌라고! 아씨, 진짜 짜증 나.

영화관으로 향하는 내내 짜증으로 폭발할 것 같았지만, 간만의 데이트를 망칠 순 없으므로 애써 긍정적이고 희망적인 생각들을 떠올렸다.

좀 뚱뚱하면 어때. 얼굴은 그런대로 괜찮잖아. 특히 쌍꺼풀은 정말 완벽해. 의사 새끼 돌팔이같이 생겨 가지고는 숨은 능력자였어. 담에 만나면 꼭 의사느님이라고 불러 드려야지. 의사느님! 제 코도 세워 주세요! 필러가 싸니까 그걸로 넣을까? 아냐, 아냐. 부작용 생각해야지. 얼굴이 얼마나 중요한데. 하지만 수술은 좀 무서워. 그냥 아이피엘이나 프락셀을 먼저 받을까? 안 돼, 안 돼. 여름엔 아무래도 피부 관리하기 힘들어. 그래, 그건 겨울에 하고 이번 방학 때는 간단하게 알트임이나 하자. 그보다 엄마가 하라고 돈 줄까? 에이, 딸 인생이 걸린 문젠데 주지. 그럼, 주고말고. 그래, 줄 거야!

게다가 오늘 이후로 난 더 이상 외로운 솔로가 아닐지도 모르잖아? 남친 없이 보낸 게 벌써 몇 달이냐? 지난번에 사귄 새끼가 너무 충격적이라 회복하는 데 시간이 좀 걸렸다. 하지만 결국 깨달은 건, 이러니저러니 해도 남친은 있어야 한다는 거. 남자인 친구 100명 있어 봤자, 남자 친구 한 명만 못하지, 암. 뼈에 바람 든 것처럼 시큰거리던 날들도 이젠 안녕인가? 더군다나 조신한 정도면 정말 나쁘지 않다고. 여자 친구? 좀 있으면 어때. 순정이 우리 학교 선배라는 게 좀 걸리긴 하지만, 자기가 뭐 어쩌겠어. 어차피 나도 다른 남자 생기면 갈아탈 생각이고. 남자도 남자가 있을 때 꼬이는 거라고. 연애가 연애를 부르는 거지.

발전적이고 미래지향적인 생각을 잔뜩 했더니, 정말 기분이 상쾌해지기 시작했다. 그리고 상쾌함이 점점 차올라 입가에 살포시 미소가 어릴 때쯤 조신이 나타났다.

안평과 함께.

이 불길한 상황은 뭐지? 설마 내 친구를 소개합니다, 이런 전개는 아니겠지?

"서로 얼굴은 알지? 뭐, 얼굴 아는 사이면 어때. 서로 말도 안 해 봤는데. 말 안 섞었으면 그게 바로 모르는 사이인 거지. 자, 처음 만난 기분으로, 얘는 서두, 얘는 안평."

설마가 사람 잡는다고, 진짜 소개하고 있네.

급기야 "훗. 난 그럼 빠지는 게 낫겠지?"란다. 뭐가 어쩌고 어째? 어제 촉촉한 눈빛으로 사람 홀린 건 뭐야? 작업 건 거 뭐냐고? 나 혼자만의 착각이라고? 와, 진짜 증거도 없고. 이젠 눈빛도 캡처해 둬야 하는 불신의 시대가 온 거냐? 어이가 없어서 뭐 씹어 먹은 표정으로 조신을 쳐다보고 있는데, 안평이 버럭 소리를 질렀다.

"야!"

그러고는 한 대 칠 것 같은 목소리로 말을 이었다.

"이 새끼가 장난하나. 뭐가 어쩌고 어째? 지랄하고 있네, 진짜. 영화관까지 와서 영화도 안 보고 간다고? 재미도 없는 거 보겠다고 억지로 끌고 와서는 뭐, 빠져? 야, 이딴 영화는 금방 내리는 거 모르냐? 네가 이 감독 광팬이라서 온 거 아니야. 아, 진짜 열받아서. 야, 꺼져도 보고 꺼져라. 집에 가서 혼자 울지 말고. 아오, 시댕."

와, 나 얘 말 이렇게 길게 하는 거 처음 봐.

잠깐, 내가 감탄하고 있을 때가 아니지. 근데 얘는 왜 화내는 건데? 얘도 모르고 나온 건가? 그래도 그렇지 화는 왜 내지? 설마 내가 별로라서? 말도 안 돼……. 내가 어때서? 나 정도면 좀 뚱뚱하긴 하지만, 그래, 좀 많이 뚱뚱하지만…… 씨! 자기는 시골 감자같이 생긴 게!

"힝."

조신이 잔뜩 혼난 어린애처럼 눈꼬리를 늘어뜨리며 안평을 향해 입을 삐죽 내민다. 얘는 또 왜 이래? 아 참, 얘는 원래 이랬지. 정신 사나움으로 인해 혼선을 빚고 있는데, 안평이 조신을 잡아끌었다.

나는 갈등했다. 이 진상들이랑 영화를 꼭 봐야 하는 걸까? 성질 확 내고 집에 가는 게 현명한 거 아닐까? 하지만 갈등하는 사이에 이미 표는 끊었고, 팝콘 계산하고 있고, 자리 찾고 있고, 영화 시작했다.

그리고 나는 모든 의욕을 상실했다. 이렇게 재미없을 수가. 너무 기운이 빠지니까 잠도 안 온다. 도대체 이런 영화를 누가 본다고 만든 거지? 아, 우리가 보고 있구나. 그중 한 명은 완전 몰입해서 보고 있다. 조신. 맞아, 그러고 보면 조신이 듣는 노래들은 늘 생소한 제목에 인내심을 시험하는 것만 같은 가사와 멜로디를 가지고 있었지. 갑자기 머릿속이 확 맑아진다. 어휴, 다행이다. 만약 쟤랑 잘됐으면 맨날 이런 거 봤을 거 아냐. 아까의 분노가 거짓말처럼 사라진다.

힉!

갑자기 뭔가가 머리를 번쩍 쳐든다. 내 옆에 앉아서 고개를 박고 졸고 있던 안평이다. 안평은 졸지 않았다는 듯 눈을 부릅뜨더니, 뚫어져라 스크린을 응시했다. 하지만 오래지 않아 고개가 덜 덜 떨며 바닥을 향하기 시작했다. 또 번쩍! 아, 깜짝이야! 제발 졸리면 자! 그냥 자라고! 하지만 안평은 이를 악물고 허벅지를 꼬집어 댔다. 참 내, 저렇게까지 애쓸 건 또 뭐야. 어이가 없어 피식 웃음이 나왔다. 뭐, 조금 귀엽기도 하고.

나는 스크린에서 나오는 빛을 이용해 안평을 꼼꼼히 살펴봤다. 조신보다 못하긴 하지만, 스타일이 심하게 평범하긴 하지만, 키가 좀 작긴 하지만, 이목구비가 싱겁긴 하지만, 그래서 착해 보인달까? 남자애 특유의 풋풋함도 있는 것 같고. 뭐, 얘도 나쁘진 않네.

둘만 남자 안평은 뚱하니 입을 다물었다. 그렇게 앉아만 있으면 어쩌라는 건지. 같이 있기 싫으면 집에 가든지. 아, 답답해. 그때 문자가 왔다. 조신이다.

_ 아까 깜짝 놀랐지? 참, 안평이 너 좋아한다.

스멀스멀 웃음이 흘러나왔다. 뭐야? 결국 그렇고 그런 이야기였어? 나는 고개를 들어 안평을 바라봤다. 여전히 통통 부은 얼굴이지만, 쑥스러워서 저런다고 생각하니 귀엽게 느껴진다. 이래서 세뇌 교육이 무서운 건가 봐. 맨날 조신이 안평은 귀여워, 안평은 귀여워, 하니까 진짜 귀여워 보이잖아. 뭐, 조신의 귀여움 포인트라는 게 남들하고 상이하게 다르긴 하지만.

머리를 쓰다듬어 주고 싶은 기분에 한가득 웃음을 머금고 바라봤더니, 아이스커피를 빨대로 쪽쪽 빨아 마시고 있던 안평이 움찔한다. 아, 또 부끄러워하는구나. 어휴, 그렇게 부끄러울까. 아깐 말도 길게 잘하더니. 그래, 말이야 내가 하면 되지.

"이거 다 마시고 스파게티 먹으러 갈래?"

"그러든가."

"참, 스파게티 먹으면 살찌지. 안 되겠다. 딴 거 먹자. 나 다이어트 해야 돼."

"다이어트?"

"히유, 오르라는 성적은 안 오르고 살만 자꾸 오른다."

"네가 뺄 게 어디 있다고?"

이게 장난하나?

그런데 빈말 치곤 표정이 너무 진지하다.

"왜 다들 살을 빼려고만 하지? 사람이 살이 좀 있어야 몽글몽글하고 보기 좋지. 조신도 봐. 키는 큰 게 비쩍 말라 가지고. 얼마나 빈곤해 보여. 너 지금 되게 보기 좋아. 도대체 뼈대를 왜 드러내려고 애를 쓰는 거야? 좀비 같은 몸매가 어디가 좋다고."

와, 나 얘 이렇게 진지한 모습 처음 봐.

그러고 보니 오늘 처음 보는 모습 참 많다. 아 참, 우리 잘 모르는 사이였지.

"진짜야? 너 통통한 사람 좋아해?"

"어. 당연한 거 아니냐? 사람이건 동물이건 통통해야 사랑스럽지. 난 곰 같은 사람이 좋아."

"뭐, 곰?"

"곰이 어때서? 얼마나 귀여운데."

근데 왜 정색을 하고 그러니.

"너도 귀여워!"

그런 말을 그렇게 화내듯이 할 건 또 뭐람.

그러니까 뭐야? 통통한 사람이 좋아서 곰 같은 사람이 좋고, 곰은 귀엽고 나도 귀엽고, 결국 내가 곰 같다는 거야? 뭔가 기분이 나쁜 것 같으면서도 좋고……. 안 그렇게 생겨 가지고 사람 엄청 혼돈스럽게 만드는 애네.

"조신 이 새끼 때문에 진짜…… 어색해 죽겠네, 시뎅."

"너 근데 왜 자꾸 시뎅, 시뎅 하냐? 촌스럽게."

불만스레 말하자 안평이 얼굴을 붉히며 말했다.

"시발보다 귀엽잖아."

애 진짜 뭐지? 또라인가?

어쨌든 안평은 말도 안 되는 자기 칭찬을 하고 나더니 또 입을 다물었다. 뭔가 굉장히 알 수 없는 상대라는 느낌이 들었을 때, 안평이 다시 입을 열었다.

"실망했겠네."

"무슨 소리야? 뜬금없이?"

"너 조신 때문에 나온 거잖아. 아니야?"

피식 웃음이 나온다. 뭐야? 조신이 아니라서 내가 실망했다 생각하고 있었던 건가? 그래서 통통 부어 있었던 거야?

"아니, 별로."

"별로?"

"응. 실망 안 했는데."

너도 나쁘지 않아, 라는 말은 아직 이른 것 같아 생략했다. 대신 조신에 대한 이야기로 말을 이었다.

"조신 괜찮긴 하지. 그런데 솔직히 남자 친구론 별로야."

"왜?"

몰라서 묻냐? 너도 눈이 있고 귀가 있으면 알 거 아니니. 어젠 분위기에 휩쓸려 작업에 응하긴 했지만, 이제껏 조신이랑 사귀고 싶다는 생각을 했던 적은 한 번도 없었다. 조신 같은 애들은 관상용 미남이랄까? 보기엔 좋지만 막상 남자 친구로는 부담스럽다. 여자들은 잘생긴 남자를 좋아하지만, 잘생긴 남자 친구를 원하는 경우는 많지 않다. 그런 남자랑 같이 다니면 늘 자신의 외모에 열등감을 느껴야 할 테니까. 더불어, 빈말이라도 여자 친구 예쁘네, 란 말은 절대 들을 수 없을 테니까. 좀 못생겼더라도 나를 빛나게 해 주는 쪽이 더 좋은 거다.

게다가 조신처럼 눈이 낮기로 유명한 데다, 요란한 가십의 주인공이라면.

"조신 같은 스타일은 사귀면 진짜 피곤한 스타일이야."

"뭐가?"

"진짜 몰라서 물어? 너무 깔끔하잖아. 성격도 예민하고."

"깔끔하든 예민하든 남한테 강요하지 않으면 되는 거 아닌가?"

"뭐, 그렇긴 하지. 하지만 넌 친구니까 괜찮은 거고, 사귀는 사이면 또 다르지. 어쨌든 부담스러워. 게다가 결정적으로……."

"결정적으로?"

"걔랑 사귀면, 아니 얽히면 그날부터 사람 우스워지는 거 시간 문제야."

그렇다. 조신의 연애는 늘 주위 사람들의 입에 오르내리는 안주거리인 것이다. 알 만한 사람들은 다 아는 그렇고 그런 이야기.

"걔 작년 여름에 다 같이 바다 놀러 갔을 때, 술 먹고 지 친구 여친이랑 밤에 키스한 거 아직도 얘기 나와. 심심하면 꺼내는 얘기라고. 걔 둘은 우리가 모르는 줄 안다. 다 자는 줄 알았겠지. 세상에 비밀이 어디 있어. 그런 건 누가 봐도 보게 되는 거라고. 더 웃긴 건, 지금도 둘이 아무 일 없었다는 듯이 어울린다는 거야. 둘이 가식 떠는 거 볼 때마다 얼마나 웃기는데."

"야, 니들 어떻게 그러냐?"

아유, 얘는 정색하는 게 버릇인가?

"그럼 어떡해? 모르는 척해 줘야지."

"뭐, 모르는 척을 해 줘? 그래서 뒤에서 키득거리면서 사람 병신 만드냐!"

화내는 건 습관 정도?

"왜 화는 내고 난리야? 걔가 뭐, 그런 얘기가 한두 갠 줄 알아? 자기가 지저분하게 사는 게 문제지."

"지저분?"

"어쨌든 내 말은, 걔는 남자 친구로는 별로라고. 그런 애들은 딱 아는 애까지가 좋아. 얽히면 별로야."

쟤가 바로 조신한이야, 잘생겼지, 나 쟤 잘 알아, 소개해 줄까, 하면서 친구들에게 거들먹거릴 정도의 관계 말이다.

"그런 애? 그런 애들? 야! 너 말이면 단 줄 알아? 네가 걔를 얼마나 안다고 그런 애야, 그런 애가! 내가 너보다 걔랑 밥을 먹어도 몇 배는 더 먹었고 더 오래 만났어. 걔 그런 애 아니야! 시뎅!"

안평.

나를 좋아한다는 안평, 은근히 귀여운 안평, 툭하면 정색을 하던 안평, 잊을 만하면 화를 내던 안평. 안평이라는 이상하게 혼돈스러운 애는 결국 있는 성질 없는 성질 다 내더니, 가 버렸다.

안평이 남기고 간 아이스커피만 멍하니 보며 앉아 있던 나는 겨우 정신을 추스르고 입을 열었다.

"재, 재수가 없으려니까! 웬 미친 새끼가!"

그 말을 시작으로 열이 급격하게 뻗쳐오르기 시작했다.

"진짜 뭐 저딴 게 다 있지?"

그러고 보니 이것들이 돌아가면서 사람 이상하게 만드네. 한 놈은 작업 걸어 놓고 친구를 데려오지 않나, 한 놈은 별것도 아닌 거에 차고 넘치는 의리를 보여 주지 않나.

"참 대단한 우정 나셨네! 친구 따라 오징어 배도 타겠다, 니들? 어?"

하지만 그 말을 들어야 하는 조신과 안평은 그곳에 없었다. 풀길이 없는 나의 분노는 점점 쌓여만 갔다.

"와! 나 이러다 암 걸리는 거 아냐? 아오!"

나는 안평이 남기고 간 아이스커피를 벌컥벌컥 마셨다.

"악! 저 감자 새끼! 계산도 안 하고 갔어!"

정말 재수가 없으려니까! 나쁘지 않긴 뭐가 나쁘지 않아! 최악이다, 최악!

최악의 일요일 이후, 나는 조신의 전화번호를 스팸등록 했으며, 조신과 안평이 다니는 학교 쪽은 쳐다보지도 않았고, 조신과 안평하고 같은 교복을 입은 무리가 보이면, 쉐엣! 욕을 퍼부으며 얼른 몸을 틀어 뒤돌아 갔다.

나는 그렇게 두 진상이 남긴 정신적인 상처를 치료해 나가고 있었다. 아니, 하려 했다! 하지만 분노와 짜증은 점점 깊어 가고, 설상가상 억울한 일만 쌓여 가는 것이다.

요는 이렇다.

조신과 연을 끊으니, 자연히 조신과 관련된 무리와도 사이가 소원해져 버린 것이다.

아니, 내가 왜?

잘못은 조신이 했는데 왜 내가 사람들이랑 멀어져야 하는 거지?

그리고 밀려드는 섭섭함. 평소 누비고 다니던 번화가에 2주 가까이 발길을 딱 끊었다. 더불어, 거기서 논다거나 모두 모여 있다는 소식이 들려와도 절대 나가지 않았다. 일부러 안 나간다는 티를 팍팍 내면서. 그런데 어쩜 전화하는 인간들이 하나도 없냐?

_ 나올래?

_ 싫은데.

_ 왜?

_ 그냥.

_ 그래, 그럼 담에 보자.

형식적이나마 왜냐고 한 번 물어봐 준 걸 고맙게 생각해야 하는 건가? 그나마 오가던 문자도 뜸해지더니 이젠 감감 무소식이다. 이런 식이라면 곧 우리는 '알긴 하지만 어울리지는 않는 사이'가 되겠지. 내가 이제까지 어울렸던 많은 무리들처럼.

그래, 참 쿨하구나. 시뎅!

시뎅? 이거 어디서 많이 듣던……. 아으, 그놈의 안평! 욕도 꼭 자기같이 하지. 어디서 귀여운 척이야, 오뎅같이 생긴 게.

갑자기 오뎅이 먹고 싶어진다. 떡볶이랑 순대, 튀김은 덤으로. 참, 나 다이어트 중이지!

"네가 뺄 게 어디 있다고."

안평의 목소리가 악마의 속삭임이 되어 옆에서 들려온다. 나는 최대한 객관성을 유지하려 애쓰며 내 몸을 살폈다. 전체적으로 골고루 살이 올라서인지 불균형한 몸은 아니다. 사실 내가 살이 좀 예쁘게 찌긴 했어.

이 근처에 맛있는 집이……. 나는 내가 가진 데이터를 총동원해, 현재 위치에서 가장 가까우면서도 맛있는 분식집을 기억해 냈다.

바쁘게 분식집으로 향하는 와중에도 습관처럼 휴대폰을 들여다본다. 그리고 점점 발걸음이 느려진다.

겨우 이 정도였나?

쿵짝이 맞아 툭하면 몰려다녔고, 다른 무리 애들과 시비가 붙으면 얼굴 시뻘게져 같이 싸우기도 했으며, 이따금, 아니지, 자주 서로 위로해 주기도 했잖아. 그런데 그게 다 그 안에 속해 있을 때만 누릴 수 있는 '우정'이었다는 게 쓸쓸하다.

조용한 휴대폰만큼 사람을 우울하게 만드는 게 있을까? 쳇, 그까짓 거 뭐 별거라고. 조용하면 시끄럽게 만들면 되지.

니들만 친구냐? 니들 없어도 나 친구 많거든?

_ 우울해.

똑같은 메시지를 수십 통 보내려고 했는데 겨우 열세 개 보냈다. 그것도 주소록을 샅샅이 뒤져서. 생각보다 아는 애도 별로 없구나. 아냐, 단절된 현대 사회에서 이만큼이면 많은 거야, 그럼, 그럼. 스스로 위로하고 있는데 헤이에게 문자가 왔다.

_ 오늘은 같이 놀 거지?

오늘? 같이 놀아? 그 무리들이 놀기로 했나 보다. 그런데 나한테 연락이 없었다? 몇 번 안 나갔다고 연락하는 새끼가 하나도 없다니. 게다가 헤이는 내가 데리고 간 애다. 당연히 그쪽 소식을 먼저 접하는 것도 나였고, 전해 주는 것도 나였다. 그런 내가 헤이에게 그쪽 얘길 전해 듣는 날이 올 줄이야! 약속에 대해 전혀 몰랐지만 그런 얘긴 하지 않았다. 아니, 할 수가 없다. 이건 자존심의 문제다.

_ 아니, 안 가.

_ 가자! 가자! 별일도 아닌데 고집 부리지 말고. 말을 해야 조신도 네가 왜 그러는지 알지.

헤이가 졸라 댄다. 살짝 기분이 좋아진다. 그러면서도 한편으로는 괘씸하다. 조신과 그 친구 녀석이 나에게 저지른 만행을 알면서도 별일 아니라는 소리가 나오냐? 쪽팔려서 아무한테도 말 안 하고 자기한테만 얘기했는데 말이야. 너 그때 같이 욕했잖아!

_ 야! 조신의 '조' 자도 꺼내지 마.

_ 네가 안 가면 어떡해? 아, 진짜.

그래, 넌 내가 없으면 안 되겠지, 후훗. 어깨가 살짝 올라간다. 잠깐, '아, 진짜'? 너 지금 짜증 낸 거지? 올라간 어깨가 딱딱하게 굳는다. 뭐야, 이 기집애 가만 보니까 내가 걱정되는 게 아니라, 거기 가서 어울리고 싶은데 내가 없으면 불편하니까 같이 가자고 조르는 거잖아.

_ 안 가면 어때서? 걔들 별로 재미없어.

기껏 주차장이나 좁은 골목길에 늘어서서는 실없는 소리나 하면서 키득거리기밖에 더 해? 그렇게 시간 끌다 노래방 가서 놀아봤자…… 재, 재밌지. 걔들이 야무지게 잘 놀긴 해. 아, 그래 봤자 돈만 쓰지. 뭔 소용이야.

나 왜 헤이를 살살 꾀고 있는 기분이지? 이 비굴한 기분은 뭐야?

_ 휴, 진짜 안 간다는 거지? 아, 진짜 좀 그런데.

좀 그런데? 얘가 진짜 갈 생각인가? 내가 안 가는데?

갑자기 불안해진다. 설마 내가 안 간다는데 헤이가 혼자 가진 않겠지? 에이, 설마. 헤이가 그렇게 의리 없진 않지.

하지만 문자는 거기서 끊겼다. 이 의리 없는 기집애! 이 배은 망덕한 기집애! 네가 그러고도 친구냐? 친구냐고!

따지기엔 너무 애매해서, 말해 봤자 내 자존심만 상하고, 쓸데없는 일로 쪼잔하게 트집 잡는 것밖에 안 되는 상황이라는 게 더 싫다.

띠딕, 띠딕.

도착한 문자들은 더 가관이다.

_ 어쩌라고?

장난으로 보낸 거겠지만 그 안에 진심도 있다. '네가 우울한데 나더러 뭐 어쩌라고?' 진심인지 아닌지 어떻게 아냐고? 나도 이런 적 있으니까.

솔직히 우울하니 어쩌니 심각한 척하는 애들 딱 싫었다. 지 혼자만 고민 있나? 알고 보면 난 더 우울하거든, 했었다. 하지만 막상 내가 이런 문자를 받고 보니 기분 나쁘다.

_ 기분 풀어.

개 중에 위로를 보내는 착한 문자도 있지만, 몇 번 주고받으며 말이 길어지니까 무시하거나 슬쩍 짜증을 낸다.

아예 답문도 안 보내는 애들은 뭐지? 할 말 없다는 건가? 친구가 우울하다는데. 기분이 뭐라 표현할 수 없을 만큼 나빠져 버렸다. 더럽고 질척질척한 거 진짜 싫은데.

이래서 남자 친구가 필요한 거야, 이래서!

얄팍한 우정 따위 한 트럭 있어 봤자 뭐해. 지랄 맞은 남친 한 마리만 못한걸.

조신은 물 건너갔고…….

머릿속에 남자 친구 후보들을 하나하나 떠올려 보았다. 걔는 어떨까? 아유, 걔는 정말 아니야. 그럼 얘는? 얘는 그런대로 괜찮

아. 아니지, 얘는 전에 한 달 사귄 애 친구잖아. 아씨, 그 거지 같
은 새끼랑 그때 사귀는 게 아니었는데. 쟤는 나 아는 애랑 사귀
었고. 어휴, 무슨 먹이 그물도 아니고 뭐가 이렇게 얽히고설켜 있
어? 얽히는 건 일단 피하고 보자. 나…… 굉장히 좁은 세계에 살
고 있는 듯……. 뭐, 어때? 아무나 되는대로 사귀면 그만이지.

사실 나는 늘 그런 식으로 연애를 해 왔다. 그런데 문제는 상
대방도 그랬다는 것. 그런대로 괜찮으니까, 뭐 그나마 나으니까,
하는 이유로 시작되는 연애는 하나같이 끝이 좋지 않았다. 겉은
쿨하지만 속은 구질구질한 연애.

더 큰 문제는, 내가 진지한 순간에도 상대는 그렇지 않았다는
것. 많은 걸 바란 건 아니었는데, 그저 조금만 더 나를 좋아해 주
기를, 집중해 주기를, 진심이기를 바란 것뿐이었는데.

왜 나에게는 그런 연애가 찾아오지 않는 걸까? 내가…… 뚱뚱
해서?

"너도 귀여워."

안평.

진지하고 착한 안평. 참 오랜만에 진심이란 게 있어 보이는 상
대였는데. 어쩌면 잘됐을지도 모르는데. 놓친 물고기는 항상 대
어지, 시뎅!

이게 다 조신 때문이지! 거지 같은 조신! 재수 없는 조신! 반
반한 외모 빼면 볼 것도 없는 새끼, 뭐가 좋다고 편을 들어, 편

을 들긴!

그러고 보면 조신은 순정파 여친에, 의리파 친구까지.

다 가졌구나.

예전엔 조신 같은 남친을 가진 순정이 부러웠다. 못생긴 주제에 복도 많다고 욕했었다. 안평도 마찬가지. 조신 같은 애가 왜 저런 평범한 애랑 죽고 못 살까 의아해했었다. 그런데 이젠 반대다.

개떡같이 사는 게 무슨 자격으로, 요즘엔 씨가 말라 구경도 못 한다는 해바라기 여친에, 불타는 감자 절친을 가진 거냐.

뭐가 이렇게 불공평해. 조신이나 나나 거기서 거기라고. 아, 그건 좀 아닌가? 쳇, 얼굴만 좀 반반하면 세상 거저먹고 들어가는구나. 이놈의 외모 지상주의! 방학만 지나 봐라. 나도 튜닝 좀 받고 죽음의 다이어트 들어가면 새 인생 열릴 거라고! 일단 먹기로 결정한 건 먹고 난 뒤…….

아, 허기져. 오뎅이나 먹으러 가자! 덤으로 떡볶이, 순대, 튀김도. 아 참, 김밥을 깜빡했네! 아니다, 김밥까진 무리다. 그걸 나 혼자 어떻게 다 먹어. 누구 한 명 부를까? 에잇, 됐다, 됐어. 비루한 우정 따위. 그깟 김밥 그냥 포기하고 말지. 휴대폰을 확 집어넣고 기합 넣듯 욕을 내뱉었다.

"아으, 시뎅!"

시뎅.

그것은 신비의 주문이라도 되는 것이었을까?

그 말을 내뱉는 순간, 안평이 튀어나왔다.

"어?"

"어?"

너무 급작스러운 만남이라 나도 모르게 반가워할 뻔했다. 하지만 이내 정신을 똑바로 차리고 얼굴을 굳혔다. 정색은 나도 할 줄 안다고.

샛길에서 튀어나온 안평은 놀라는 기색도 없이 물었다.

"너도 여기 도서관 다니냐?"

도서관? 여기 도서관도 있었나? 고개를 돌려 보니 낡고 큰 건물이 보인다. 아, 저기가 도서관이었구나. 어쩐지 이 길로 가기 싫더라.

대답 대신 물었다.

"넌 도서관도 다녀?"

"그럼 안 다니냐? 학생이."

학생은 원래 도서관 다니는 거였나? 난 도서관 말고 독서실 다니는데. 돈만 내 놓고 가질 않아서 그렇지. 요즘 애들 다 이렇게 모범적으로 사는 건가? 나 왜 갑자기 소외된 기분이지? 안 그래도 습자지처럼 얄팍한 친구 관계에 서러워 죽겠는데, 소외까지 당하니까 괜히 감정이 북받치네. 게다가 그 난리를 치고 처음 만난 건데, 앤 뭐가 이렇게 담담해?

"야!"

"왜?"

"너!"

"나 뭐?"

"아씨! 너 그날!"

"그날?"

뭐야? 기억도 못하는 거야?

"아하."

아하? 진짜 뭐 이런 게 다 있어!

"야! 너 그날 커피 값 안 내고 갔잖아! 당장 내놔! 내 돈 내놓으라고! 내 돈!"

"얼만데?"

"그걸 내가 어떻게 알아? 네가 먹었는데!"

"네가 계산했다며? 그리고 나 다 안 먹고 나왔는데."

"아우! 됐다! 됐어!"

더 얘기하다가는 열 받아 죽을 수도 있을 것 같아서 휙 돌아섰다. 내가 고혈압만 아니었어도!

어라? 근데 얘가 왜 졸졸 따라오는 거지?

"왜 따라와?"

"너 따라가는 거 아닌데."

참 내, 어디서 고전적인 수법을? 도서관 다니는 애들은 다 이런가?

결국 분식집까지 따라 들어온 안평은 쭈뼛거리더니 내 맞은편에 앉았다.

"커피 값 안 내고 튄 건 고의는 아니지만 내가 잘못한 거 같다. 대신 여긴 내가 살게. 시켜."

촌스러운 수법이긴 하지만, 뭐 나쁘지 않네. 은근히 남자다운 구석도 있고. 피식, 웃으며 물었다.

"오뎅에 떡볶이, 순대, 튀김. 참! 김밥도 두 줄! 괜찮지?"

김밥까지 풀세트로 먹을 수 있다는 기쁨에 들떠 있는데, 안평의 얼굴이 확 굳었다.

뭐야? 너무 많이 시켰다 이건가? 설마 여자애가 뭘 그리 많이 먹냐, 이딴 소리 지껄이는 거 아니겠지? 그럴 거면 그 입 그냥 닫아라. 이 정도는 진짜 기본이라고! 너도 사람이면 눈 똑바로 뜨고 봐. 저 중에서 빠질 수 있는 게 뭐가 있나.

"야!"

안평은 이게 미쳤나, 하는 표정으로 말을 이었다.

"만두는?"

"마, 만두?"

"만두도 기본이잖아. 만두 빠지면 안 먹은 거나 마찬가지인 거 모르냐?"

그런 말을 꼭 그렇게 정색한 얼굴로 할 건 없잖아, 이 새끼야.

어쨌든 행복한 기분으로 주문을 하는데, 안평이 또다시 가슴 뭉클한 멘트를 날렸다.

"아줌마, 내장도요."

사실 좀 고민하고 있었다. 남자애 앞에선 왠지, 순대만 주세요, 해야 할 것 같은 내숭 본능이 올라와서.

"어, 너도 내장 먹어?"

"내장 안 먹을 거면 순대 뭐하러 먹어."

"떡볶이는 밀가루, 아님 쌀?"

"쌀떡은 떡국에나 넣는 거고."

"그럼 너 궁중떡볶이 같은 것도 안 좋아하겠네?"

"장난해? 떡볶이의 정체성은 싼티에 있잖아."

나 지금 감동해도 돼?

그저 조용하고 눈에 안 띄는 평범한 애인 줄 알았는데, 이렇게 주관이 뚜렷하다니. 게다가 취향도 굉장히 바람직하다.

왜 이제까지 몰랐지? 오며 가며 꽤 자주 마주쳤는데. 시골감자! 너 이 자식, 기뻐해라. 너 진짜…… 나쁘지 않다!

나쁘지 않으면 뭘 해? 연락이 없는데.

조신에게 알아 낸 번호로 나름 용기 내 문자를 보냈다. 조신은 내가 자기 전화번호를 스팸등록 해 놓은 것도, 피한 것도 전혀 눈치채지 못하고 있었다. 그동안 나 혼자 뭘 한 건지.

어쨌든 그 이후로 나와 안평의 문자 생활은 다음과 같다.

_ 지금 뭐 해?

_ 컴터.

그리고 정적.

답 문자는 보내지만 그 이상은 없다. 무뚝뚝한 거야 성격이라 쳐도, 왜 사귀자는 말은커녕, 만나자는 말도 없는 건지. 참다 못해 화를 냈다. 물론 문자로. 아마 안평은 내가 화내는 건지도 모르겠지. 문자의 세계가 이렇게 답답한 거라는 걸 정말이지 처음 알았다.

_ 너 혹시 여친 사귀어 본 적 한 번도 없어?

_ 어…….

역시나 그래서 그랬던 거군. 내가 좀 더 적극적으로 나가야 하는 걸까?

_ 지금 통화할 수 있어?

_ 게임 중.

또 정적.

게임 중? 기가 막혀서 눈에서 땀이 나려고 했다. 그리고 처음으로 의문이 들었다.

애 나 좋아하는 거 맞아?

의문은 자연스레 불안으로 이어졌다.

혹시 조신이 잘못 안 거라면?

갑자기 가슴이 쿵쾅쿵쾅 뛴다. 손에 땀이 차고, 살짝 호흡도 거칠어진다. 그러면서 일시에 기력이 쏙 빠져나간다. 이건 마치, 극장에서 평화롭고 로맨틱한 사랑 영화를 보고 있는데, 관객 중 누군가가 '알고 보면 저 남자 주인공, 살인마!'라고 외칠 때 느끼는 기분과 흡사하다고나 할까. 아냐, 그런 것과는 달라. 이건 마치, 이런 기분을 뭐라 설명해야 할까. 이건 마치…….

내가 답을 알려 주마, 라고 말하듯 눈물 한 방울이 뚝 떨어진다.

어라, 나 슬픈가? ……슬픈 건가? 생각보다 단순한 기분이었네. 근데 뭘 했다고 슬픈 거지? 연애하다 차인 것도 아닌데.

한숨이 나온다.

바보같이 또 마음을 너무 줘 버렸다. 게다가 시작도 하기 전에.

아무나 적당히 되는대로 쉽게 연애를 시작하고서도 결국 늘 상대보다 마음을 더 줘 버린다. 아마추어같이. 진심인 걸 확인하기 전에는 절대 좋아하지 말아야지, 늘 경계하는데도 그게 잘 안 된다. 이래서 난 안 되는 거야, 이래서. 하지만 이번엔 정말 진심인 줄 알았는데. 나쁘다. 최악이다. 안평에게 네가 착각하게끔 행동했잖아! 라고 따지고 싶지만, 아무것도 떠오르지 않는다. 안평은 아무것도 하지 않았다. 나는 그저 믿고 싶었던 걸까? 나를 순수하게 좋아해 주는 누군가가 있다고.

그런 사람이 있을 리가 없잖아. 뚱뚱한데.

"가슴 커서 사귀는 거 아냐?"

재작년 내가 정말 좋아하던 남자애와 사귀게 되었을 때 내 친구가 한 말이었다. 그 말 아래에 깔린 의미들이 잔인할 정도로 선명하게 다가왔다.

걔가 널 정말 좋아할 리 없잖아. 걔는 단지 네가 헤프고 쉬운 애라서 사귀는 거야. 가슴도 크고.

그 말이 친구라는 새끼 입에서 나온 말이라는 게 더 상처였다.

분하고 억울하고 화도 났다. 하지만 내가 느낀 가장 큰 감정은 '내가 싫다.'였다. 사람들이 나를 어떻게 보는지 나도 아니까.

뚱뚱한 여자애. 까진 여자애. 잘 넘어오는 여자애. 늘 칭찬과 애정에 목말라 있는 여자애.

도도하고 차가운 여자애들이 부러웠다. 그런 여자애들을 흉내 내려 애쓰곤 했다. 하지만 매번 그 노력들은 나를 뚱뚱한데 어색하기까지 한 애로 만들 뿐이었고, 결국엔 항상 실패로 끝났다. 나는 너무 쉽게 사랑에 빠졌고, 너무 빨리 마음을 줘 버렸다.

그리고 나는 그런 내가 정말 싫었다.

쿨한 척 애를 쓰며 대꾸하는 내가 보인다.

"내가 좀 크긴 크지."

그 말에 내 친구는 이렇게 말했다.

"야, 솔직히 그게 가슴이냐? 살이지."

차라리 안 친한 애였으면 그 못된 입을 때려 주었을 텐데. 이 살이 그냥 있는 게 아니라는 걸 몸소 보여 주었을 텐데. 그랬으면 이렇게 깊은 상처로 남지는 않았을까?

나는 또 상처 받았다.

언제나 그랬듯 어디에도 책임을 물을 수 없다.

내가 그런 애라서 받은 상처니까.

"내가 뭐 어때서. 나쁜 새끼들."

성격 좀 있어 보이게 인상을 쓰고 얼굴을 무장한다.

나는 니들 생각처럼 헤프지 않아. 나는 쉽지 않아.

그리고 나는 아주 쿨하지.

"나도 너 별로거든, 시발."

그 밤을 끝으로 나는 안평에게 더 이상 문자를 보내지 않았다. 그리고 안평도 나를 찾지 않았다.

하지만 나는 내심 일말의 기대를 버리지 못하고 있었다.

요즘엔 영화도 한 번의 반전만 있으면 욕먹잖아. 반전에 반전이 기본이지. 나를 좋아하지 않는다는 게 착각일지도 몰라. 지금쯤 안평은 연락이 없는 휴대폰을 들여다보며 혼자 끙끙거리고 있을 거라고. 연애를 못 해 봐서 소극적일 테니까.

하지만 정작 그 시간 동안 끙끙댄 사람은 바로 나였다. 왜 마음이란 건 멈추려고 하면 더 타오르는 걸까? 아무런 연료를 넣어 주지 않았는데도 내 마음은 혼자서 절정을 향해 달려가고 있었다.

나는 헤프지 않아. 쉽지 않아. 그리고 쿨하지.

주문처럼 되뇌어도 마음은 좀처럼 가라앉지 않았다. 늘 그래 왔듯이.

단축 번호 하나면 되는 걸, 그걸 못 눌러서 키패드로 안평의 번호를 눌렀다 지웠다 반복했다. 괜히 안평의 학교 주변을 얼쩡거리기도 했다. 그러다 브레이크가 고장 난 것처럼 감정이 치닫는 날에는, 안평이 다니는 도서관 근처를 서성이기도 했다. 언젠가 안평이 튀어나왔던 샛길을 혼자 걸으며 중얼거리기도 했다.

"혼자 영화를 찍어라. 아으, 시뎅."

하지만 그때처럼 운명적인 만남은 일어나지 않았다.

"나쁜 놈. 통통해도 좋다고 해 놓고, 귀엽다고 해 놓고. 좋긴 뭐가 좋아. 남자는 다 똑같아. 나쁜 놈! 복수할 거야. 변신할 거라고. 일단 이것만 먹고. 흑, 이건 슬퍼서 흘리는 눈물이 아냐. 매워서 흘리는 눈물이라고."

밤 12시. 슬픔도 허기도 달랠 길 없었던 나는 식탁에 쪼그리고 앉아 불도 켜지 않은 채, 밥을 비벼 먹으며 청승을 떨었다.

근데 이거 어디서 많이 본 듯.

울고 먹고 하느라 바쁜 와중에도, 이 장면이 무척이나 전형적이라는 사실에 짜증이 났다. 꼭 이런 것만 드라마 같지, 이런 것만! 식상해도 괜찮으니까 연애도 좀 드라마틱하면 안 되겠냐? 어?

"아으, 시뎅!"

시뎅.

그것은 마법의 주문이었을까.

그 말이 끝나자마자 전화가 울리기 시작했다. 액정에는 거짓말처럼 안평의 이름이 떠 있었다.

나는 고민했다. 받을까, 말까?

받지 않고 후회 안 할 자신 있어?

없었다. 그래서 받았다. 아니, 사실은 처음부터 받을 생각이었다. 왠지 조금 망설여 줘야 할 것 같았다. 이 상황에서 갈등하지 않는 드라마 여주인공은 어딘가 이상하잖아.

나는 밥을 꿀떡 삼키고, 최대한 기운 없이 입을 열었다.

"으응⋯⋯."

짧은 순간 동안, 머릿속으로 시나리오가 몇 개나 스쳐 지나갔다. 그중 최악의 시나리오, 아무 생각 없이 전화한 경우. 이를테면 누구 전화번호를 묻는다거나 하며 나를 두 번 죽이는 경우. 그리고 최선의 시나리오는, 나를 좋아해서 용기 내 전화를 한 경우. 안평의 성격상 퉁퉁거리며 둘러말하겠지. 넌 연락도 없더라, 투덜투덜. 뭐, 그런 식. 그러다 어색하게 전화를 끊겠지. 하지만 우리 사이는 이어지겠지. 후후훗, 생각만 해도 귀엽다.

그런데 입을 연 안평은 목소리부터 나의 예상을 확 깨고 있었다.

"······미안한데, 정말 미안한데······."

안평의 목소리는 긴장해서 그렇다고 하기엔 지나칠 정도로 떨리고 있었다. 듣는 내가 불안할 정도로 불안정했다. 급작스럽게 교통사고를 당하거나, 실수로 누군가를 죽이게 되면 이런 목소리가 나올까? 혹시······ 시한부 판정이라도 받았나? 왜, 영화 같은 데서 보면 죽을 병 걸렸다는 걸 알게 된 주인공이 사랑하는 사람에게 죽기 전에 고백하는 뭐 그런······ 엉뚱한 생각을 하며 듣고 있는데, 안평은 꼭 쫓기는 사람처럼 절박하게 말을 이었다.

"나랑······ 사귀어 주면 안 돼?"

아무 말도 할 수가 없었다.

안평은 예상을 벗어난 목소리로, 예상 그 너머에 있는 이야기를 하고 있었다.

너 이렇게까지 날 좋아하고 있었던 거야? 당장 죽을 것 같은 목소리로 고백할 정도로?

넌 정말······ 이상하게 혼돈스러운 애야.

안평은 급기야 울기 시작했다.

아니, 그야말로 울음을 터뜨렸다. 내 손끝이 덜덜 떨려 오기 시작했다. 명치끝이 콱 조여 오면서 코끝으로 피가 몰렸다.

울지 마. 울지 말라고. 괜찮아. 사실은 나도······.

안평이 너무 서럽게 울어서, 늘 정색만 하던 주제에, 툭하면 화를 내던 주제에, 너무 애처럼 울어서, 그게 너무 마음이 아파서 나는 대답을 해야 하는데 말이 나오지 않았다. 전화기를 붙잡고 그저 세차게 고개를 끄덕였다.

나쁘지 않아. 정말 나쁘지 않아!

다음 생에는
마성의
게이로
태어나겠어!

안평의 이야기
쉿, 들키면 안 돼

들키면 안 돼. 그러니까 제발…….

"또 숨었어?"

조신의 입김이 귓바퀴를 훑는다.

안 된다니까. 자꾸 이러면…… 숨어 있기가 너무 힘들다고.

"뭐 게임을 그렇게 재미없게 하냐?"

귓바퀴에 열이 오르고, 목덜미에서부터 일어난 소름이 짜릿하게 발끝까지 치닫는다.

"아으, 시뎅."

욕이 절로 나온다. 야! 네가 그렇게 등짝에 찰싹 붙어 있는데, 내가 지금 좀비 새끼들하고 싸울 수가 있겠냐?

"어, 온다, 온다. 바보야! 쏴야지!"

바보? 내가 조신한테 게임 때문에 바보 소리를 듣다니. 자존심

상해서라도 게임에 집중하려는데, 아앗…… 이 새끼가 작정을 했나, 왜 남의 등을 껴안고, 앗, 볼을 갖다 대고…… 아, 진짜! 죽었잖아!

이 새끼, 이거 일부러 그런 거 아냐? 그렇다면 엄청 악랄한 놈인데. 이 무서운 새끼.

"와! 끝났다!"

지금 박수 쳤냐? 이를 빠득 갈면서 뒤를 돌아보니,

"밥 먹으러 가자."

라고 말하며 배시시 웃는다.

그 모습을 보는 순간, 레드 썬! 모든 게 날아가 버렸다. 그래, 그래. 게임도 잘 못하는 게 피시방에서 두 시간 넘게 버티느라 얼마나 힘들었겠어. 저 가느다란 팔목으로 마우스 클릭하느라 얼마나 힘들었을까. 그래, 내가 죄인이다.

툴툴거리며 지상으로 나오는데, 녀석이 내 팔을 덥석! 잡는다.

"갑자기 즉석떡볶이 먹고 싶다."

떡볶이고 오뎅이고, 머릿속에서 댕댕 종이 울리는 통에 골이 다 흔들린다. 이 상황을 어떻게 해석해야 하는 거지?

진짜 눈치챈 건가? 알면서도 이러는 거면 자기도 마음 있다는 거지? 나 그럼 기, 기대해도 되는 건가?

아, 이 와중에도 나는 조신의 손이 주는 감각을 느끼고 있고……. 팔에 닿은 손이 차갑네? 아니, 시원한 건가? 조신은 더위를 많이 타는데 왜 피부는 시원한 걸까? 얼굴에 열이 오르기 시작한다. 안 돼! 더 이상 상상하면 안 돼! 이러다 들켜 버린다고! 더 이상은 들키면 안 돼!

"야, 넌 왜 툭하면 얼굴이 시뻘게지냐?"

몰라서 묻냐? 시뎅아.

"근데 그거 너처럼 심각하면 치료해야 한다는 것 같던데. 안면 홍조증인가 뭐 그렇대. 너도 병원 한번 가 봐. 모르는 사람이 보면 화난 줄 알잖아."

이 새끼…… 진짜 몰라서 묻는 거였구나.

들키면 안 돼?

안 되긴 개뿔이 안 되냐? 아으, 시뎅. 내가 저것 때문에 이 상황까지 온 거 생각하면, 자다가도 숨이 탁탁 막힌다. 내가 콧구멍이 두 개니까 숨 쉬고 살지.

"야, 뭐 먹을래? 즉석떡볶이? 아님 밥?"

이미 다 정해 놓고 묻기는. 뻔하다. 즉석떡볶이에 치즈김밥.

"처먹고 싶은 거 처먹어, 이 사발라면아."

"욕하지 말라니깐."

조신은 참 조신하게도 예쁜 말, 고운 말만 쓴다. 그래서 나도 덩달아 예쁜 욕, 고운 욕만 쓴다. 시발, 이젠 참 그리운 그 욕.

"아으, 시뎅."

"칫."

입술을 삐쭉 내밀고 걸어가는 조신의 폼이 평소랑 똑같다.

저절로 한숨이 새어 나온다.

진짜 하나도 모르는구나. 다행인데 왜 자꾸 한숨이 나오냐.

그동안 들킨 건 아닐까, 전전긍긍했던 시간들. 그 때문에 엉망진창 꼬인 내 인생. 아냐? 아냐고! 눈치도 빠른 새끼가 왜 내 맘은 모르고 지랄일까?

자기 때문에 친구가 순결을 잃을 위기에 놓여 있는 것도 모르고. 아우, 시뎅!

정말이지 나도 내가 그럴 줄은 몰랐다.

"학원 끝났냐?"

목소리를 듣자마자 알아챘다. 밴댕이 같은 새끼, 또 마음 상하는 일 있었구나.

"가게로 올래?"

그걸 말이라고.

"자기 먼저 끊어."

작은 걸로 감동하지 좀 마. 네가 그럴 때마다 내 마음이 아픈 걸 네가 아냐?

뚝.

모든 일의 시작인 그 토요일. 전화를 급하게 끊고 미친 듯이 뛰었다. 사실 그렇게까지 다급하게 갈 건 없었는데, 그냥 내 마음이 그랬다. 조금이라도 빨리 가고 싶었다. 엘리베이터 버튼을 반복적으로 눌러 대면서 얼마나 발발발 떨었는지. 그날따라 천천히 올라가는 엘리베이터 안에서 시뎅시뎅 욕을 몇 번이나 했는지. 호흡을 고르고 문을 여는 순간…… 내 기분이 얼마나 비참했는지.

언제 울적했냐는 듯 능글능글 웃으며 작업을 걸고 있는 꼴을 보는 순간 그랬다. 나 왜 온 거지? 왜 미친 듯이 달려온 거지? 별 필요도 없는데.

"그 영화 진짜 재밌을 것 같지 않냐?"

나랑 같이 보기로 했잖아.

"벌써 개봉했어?"

"아마, 내일 할걸?"

그새 잊어버린 거냐?

"진짜? 나 완전 보고 싶었는데."

"나도. 그래서 내일 보러 가려고. 같이 갈래?"

나하고 먼저 약속했잖아.

"그러지 뭐."

이 부분에서부터 내 숨소리가 거칠어지기 시작했다.

"그럼 내일…….”

조신이 얘기하다 말고 문자를 확인했다. 보나 마나 순정이다. 폼만 봐도 안다. 여자, 여자, 여자. 사방팔방에 여자, 손만 뻗으면 여자……. 이제껏 참아 왔던 감정들이 한꺼번에 터져 나오고 있었다. 욕심 부리지 말자, 친구로 남자, 다짐해도 힘들지 않은 게 아니라고. 나도 힘들다고.

왜 조신은 그때 뒤를 돌아보았을까? 하필이면 그때. 조신이 뒤를 돌아보는 순간, 이성의 끈이 뚝 끊겼다.

그 순간에 뛰쳐나가다니……. 무슨 영화 찍는 것도 아니고. 드라마에서 그런 장면 나오면, 저건 왜 연약한 척 뛰어나가고 난리야? 어우, 시뎅, 욕을 했는데 내가 그런 짓을 하다니. 하지만 막상 그런 상황이 닥치자, 비련의 찌질이들이 왜 그러는지 알 수 있었다. 터질 것 같은 감정을 감추기 위해서 달아나는 것밖에는 할 수 있는 일이 없으니까.

그 자리에 있다가는 다 들켜 버리고 마니까. 정말 들켜 버리면 안 되니까.

근데 이 새끼는 왜 이렇게 악착같이 쫓아와서는 기어이 보고 마는 걸까? 울어서 시뻘게진 눈을.

그날 밤새 한숨도 못 잤다. 들켰구나. 다 끝났구나. 이젠 친구도 안 되겠구나. 한편으론 후련하고 한편으론 무서운 마음에 아무것도 할 수가 없었다. 평소에는 잘만 통하는 '레드 썬'도 소용이 없었다. 답이 없는 생각 속에 갇혀 지옥 같은 밤을 보냈다.

_ **영화 보러 가자.**

아침에 문자를 받고, 나는 또 얼마나 쓸데없이 부풀었던지. 물론 극장 앞에서 서두나를 보는 순간 빵하고 터져 버렸지만.

아, 눈치챘구나.

확신했다. 그러지 않고서야 갑자기 여자를 소개해 주는 게 말이 안 되니까. 그나마 친구로는 계속 남겠다는 의미니까 다행인 건가?

영화를 보는 동안 울어 버리면 어쩌나 걱정했는데, 다행히 그런 일은 일어나지 않았다. 슬픔도 잠은 이기지 못한다는 진실 앞에서 난 또 쓸쓸하게 웃었을 뿐.

뛰쳐나가는 것도 습관이 되는 걸까?

나는 또 뛰쳐나가고 말았다. 그것도 서두나 앞에서.

아차, 싶었지만 이미 엎질러진 물. 이젠 서두나까지 눈치챘겠구나, 싶어 난 또 불면의 밤을 지새울 뻔했지만, 그 전날 밤 무리한 탓에 그저 잠깐만 불면하고 잠들었다.

다음 날 아침, 일어나자마자 창문을 열었다.

15층 아파트에서 내려다보는 지상의 풍경은 꽤나 아름다웠다.

아름다운 풍경에 고하듯 입을 열었다.

"다음 생에는 게이로 태어나지 않을 거야."

목이 메어 와, 다음 말은 속으로 삼켜야만 했다.

난…… 다음 생에는 꼭…… 마성의 게이로 태어날 거야! 그래서 널 꼭 유혹해 주겠어!

위이이잉. 아, 시뎅! 모기 새끼! 꼭 분위기를 망쳐. 난 얼른 창문을 닫고 밥을 맛있게 먹었다.

난 사실 내가 게이라는 게 싫지 않다. 원래부터 게이였기 때문에 당연하달까? 인터넷이나 영화 같은 데서 보면, 사춘기 시절 자신의 성향을 알게 된 게이가 방황을 한다느니, 죽고 싶다느니 하는데, 난 그렇지 않았다.

게임 속 좀비 세상에 사는 인간들이 인간이라는 것 자체를 후회하지는 않듯이 말이다. 물론 내가 동성애자가 아닌 사람들을 괴물로 본다는 뜻은 아니다. 자신의 처지를 비관하는 것과 자신의 존재를 부정하는 건 전혀 다른 얘기란 말이다.

타인과 다르다고 해서, 반드시 자신의 모습을 이상하다고 느끼거나 스스로를 괴물 취급하게 되는 건 아니다. 게임 속 인간이 자신의 정체성을 고민하지 않듯, 나 역시 그랬을 뿐이다. 원래 인간이니까. 원래 황인종이니까. 원래 한국인이니까. 나도 원래 게이니까.

그래서 사춘기 때도 남들이 '여기 어디? 나는 누구?' 어쩌고 할 때, 용돈 왜 적게 줌? 우리 엄마, 아빠 요즘 물가도 모르고 정말 말이 안 통해! 소리 지르고, 단식 투쟁하고 집 나간다고 짐 싸다가 뒤지게 맞고. 다시 떠올려도 가슴 답답하네! 우리 엄마, 아빠 진짜 왜 그랬지! 어쨌든 경제적인 방황이 제일 컸던 것 같은데, 내가 이상한 걸까?

_ 너 진짜 평범한 거 아냐? 너무 평범해서 이상해.

조신은 왜 나를 평범하다고 하는 걸까? 평범하면 평범한 거지, 평범해서 이상하다는 건 또 뭘까?

난 사실 평범하지 않은 걸까? 설마, 어떻게든 평범해 보이려고 노력해 왔던 걸까? 아무 생각도 없었던 게 아니라, 아무 생각도 안 하려고 노력해 왔던 걸까? 이제껏 모든 걸 모르는 척 피해 왔던 걸까? 평범해서 이상한 게 아니라, 이상해서 평범한 거 아니냐고!

아, 그야말로 '여기 어디? 나는 누구?'다.

예전엔 나라는 존재가 당연하게 느껴졌는데, 이젠 내가 뭔지도 모르겠다.

어떤 날은 내가 아주 평범한 사람 같고, 또 어떤 날은 내가 아주 이상한 사람 같다.

그러고 보면 게이들은 예술 쪽에 재능이 많다는데, 나는 그림은 지렁이 세 마리 해골바가지 수준에, 노래는 박치에, 옷도 잘 못 입고, 연기 뭐 이런 쪽은 관심도 없고……. 그러니까 나는 어쩌면…….

설마! 나 게이계의 따 아냐?

순간 등골이 오싹했지만, 이내 레드 썬!

엄마가 냉장고에 꽁꽁 숨겨 두었던 너비아니를 식탁에 탁 소리 나게 올려놓았기 때문이다.

"어억! 엄마 사람 됐네."

"뭐, 인마!"

난 꼭 매를 번다. 하지만 웬일인지 엄마는 나를 측은하게 내려다보더니, 그냥 손을 거두었다.

"어쩜 넌 얼굴도 못생겼냐. 단순무식하면 얼굴이라도 좀 생겨야지, 쯧쯧."

단순무식? 누가? 내가? 나만큼 지적이고 섬세한 사람이 어디 있다고. 예민해서 잠도 설친 사람한테. 다들 날 너무 모른다.

하긴 너만 하겠냐?

"타이밍이 중요하다고. 딱 보면 알 수 있잖아. 지금 원하는지 아닌지. 모르나? 진짜 몰라? 그걸 왜 모르지?"

너나 좀 알아 봐라! 2년 동안 알기는커녕, 눈치도 못 챈 자식이 어디서 연애 강의야.

조신을 만나고 한동안은 정말 친구였다. 조신은 전혀 내 타입이 아니었으니까. 하지만 점점 마음이 야릇해져 가는 거였다. 알고 보니 조신은 마성의 남자였던 것이다.

여자들이 꼬여 드는 게 단순히 잘생겨서 그런 줄 알았는데, 큰 오산이었다. 허우대는 멀쩡한데 보호 본능을 일으키는 면이 있달까. 시도 때도 없이 외로워서 콧물을 훌쩍이고, 그놈의 마음은 왜 그렇게 툭하면 상하는 건지, 하물며 몸매까지 빈곤해서는. 한마디로 지지리 불쌍해 보인다. 정말이지 불쌍해 보이는 건 당할 재간이 없는 마성의 매력이었다. 알았다면 멀리했을 텐데. 그러다 중학교를 졸업하게 되면서, 아쉽지만 본격적인 감정에 돌입하기 전에 헤어지게 돼 다행이다 생각했는데, 고등학교에서 또 만날 줄이야. 그때부터 이 지경이 된 거다.

"어? 어? 진짜 왜 모르냐고?"

모르는 건 바로 너라고! 이 바보 천치야!

인상 한 번 팍 써 주고 주문했다.

"즉석떡볶이에 치즈김밥이요."

조신이 툭 끼어든다.

"만두도 주세요. 김치, 고기 반반씩."

내가 빤히 쳐다보자 씩 웃으며 말한다.

"너 만두 빠지면 안 먹은 거나 마찬가지잖아."

아주 모르진 않구나, 이 새끼. 하지만 감동이 채 식기도 전에 김빠지는 소리를 한다.

"서두랑은 잘돼 가고 있어?"

"어."

조신의 얼굴이 살짝 굳는다. 신경이 쓰이긴 하는 모양이군. 조신은 더 이상 묻지 않고 입을 다문다.

음식이 나오자 젓가락을 들더니 이러저리 살핀다. 휴지를 뜯어 젓가락을 닦다가, 갑자기 흠칫 놀라더니 심각하게 묻는다.

"야, 나 혹시 결벽증일까?"

아유, 요 깜찍한 것.

"어."

그 정도는 결벽증 축에도 못 낀다고 안심시켜 주고 싶은 마음이 들지만, 그냥 두기로 했다. 너도 좀 당해 봐라.

조신은 잔뜩 풀 죽은 얼굴로 떡볶이를 오물오물 씹었다.

얘는 왜 이렇게 먹는 모습도 예쁘지?

진짜 콩깍지도 보통 콩깍지가 아닌가 보다. 전혀 내 타입은 아닌데 말이다. 난 우리 '만두'처럼 오동통한 얼굴에 곰처럼 두루뭉술한 몸매가 좋다고.

우리 '만두'는 내가 좋아하는 연예인이다. '만두'는 그 연예인의 별명이고. 조신보다 더 오래된 사이지만, 조신은 '만두'에 대해 모른다. 남자 연예인이라서 말 못 했다. 고작 연예인 얘기도 숨겨야 하는 신세라니. 새삼 처량하다.

만두를 하나 집어 우적우적 씹었다.

사실, 난 만두를 조신이 생각하는 것만큼 좋아하지는 않는다. 일종의 오기랄까?

'만두'는 원래 '분식집'(이것도 별명이다)이란 그룹의 멤버다. 그 그룹의 멤버들은 총 네 명으로 팬들에게 '떡볶이', '오뎅', '튀김'이란 별명으로 불린다. 그런데 이 그룹팬이란 것들이 자꾸 만두를 소외시키는 거다. 기본 메뉴에 끼지 못한다나 어쩐다나. 표면적으론 장난이지만, 속에는 은근한 무시가 숨어 있다. 급기야

쟤는 만두라기보다는 호빵급 뚱보 아니냐며…… 그때 받았던 스트레스를 생각하면 아직도 위에 경련이 파르르 인다. 어쨌든 나는 그 '기본'이라는 거에 이가 갈려, 분식집에만 가면 꼭 만두도 기본이고 필수라며 박박 우기기 시작했고, 어느새 습관이 되었다.

내가 '분식집'을 왜 떠올렸을까. 잊고 싶었던 기억들이 또 줄줄이 튀어나온다.

넌 이것도 모르지.

나도 비밀을 나눌 친구 하나 정도는 필요하다는 거. 너한테 내가 있는 것처럼, 나한테도 그런 누군가가 필요하다는 거. 나도 숨구멍 하나 정도는 있어야 한다는 거. 그리고 그 숨구멍 나도 얼마 전까진 있었다는 거.

조신이 모르는 또 하나의 비밀, 박순이 떠오른다.

그리고 정말이지 쓸쓸해진다.

"앗! 만두 하나 남았다. 자, 아!"

갑자기 조신이 화들짝 놀라더니, 만두 하나를 집어 입 앞에 들이민다. 멍하니 쳐다보니, 하하핫 장난스럽게 웃는다. 세상이 환해지면서 또다시 레드 썬!

얘는 정말 타고난 거 아닐까? 의도할 때도 의도하지 않을 때도 사람을 홀리는 데 재능이 특출하다. 바람둥이가 아니었으면 진짜 재능이 아까울 뻔했다. 너 이 새끼, 내가 볼 땐 너 진짜 재능

잘 살리고 있는 거다. 아마 전생에도 구미호나 요물 뭐 그런 거였을 거야. 이 요물이 사람 잡으려고 그러나, 이젠 입술을 핥…… 쿨럭!

"야, 왜 그래? 체했어?"

얼굴 들이대지 말라고! 이 새끼야! 이 와중에 왜 입, 입술이…… 아, 또 입술이!

내가 이런 사람이 아니었는데. 물론 뭐 아주 건전하기만 했던 건 아니지만. 요즘 부쩍…… 육체적으로…… 쿨럭! 아으, 시뎅! 이게 다 그 여자 때문이야! 망할 놈의 서두! 호시탐탐 내 입술을 노리는 서두나 때문이라고!

내가 그날은 미쳤었나 보다.

악연이 시작된 그날! 눈 딱 감고 서두인지 수두인지를 외면했어야 하는 건데. 아니다. 다시 그날이 온다 해도 난 그러지 못할 게 뻔하다. 난 도대체 왜 이렇게 인간이 청렴결백한지!

"야! 너 그날 커피 값 안 내고 갔잖아! 당장 내놔! 내 돈 내놓으라고! 내 돈!"

서두는 돈 받으려고 도서관 앞까지 찾아와 날 기다리고 있었다.

그깟 몇 천 원 받으려고 그렇게까지 하다니. 서두의 철저한 경제관념에 정말이지 소름이 오싹 끼쳤지만, 계산은 계산이었기에

서두를 따라 걸었다. 사실 나도 분식집에 들러 밥을 먹을 계획이기도 했고. 따라 걸으면서 나는 또다시 커다란 문제에 부딪혔다. 잔돈이 없었던 것이다. 왜 내 지갑엔 만 원짜리밖에 없었던 것일까? 재벌 집 아들도 아닌데. 만 원을 준다 한들 거스름돈을 줄 어자 같지도 않고, 근처에 슈퍼도 없고, 어떡해야 하나 고민하는 사이 분식집에 다다랐다. 고민하다가, 어차피 이렇게 된 운명, 통 크게 밥 한 번 사고 치우자, 마음먹었던 것이다.

그런데 서두는 거기서 멈추지 않았다. 이 새끼 좀 사는 집 자식이로구나, 싶었던지 그날 이후로 문자를 보내기 시작했다. 솔직히 고백하자면 나도 싫진 않았다. 박순 이후로 그런 식으로 연락을 주고받은 여자애는 처음이기도 했으니까. 아우, 그놈의 박순! 어쨌든 서두는 성격도 꽤 잘 맞았고, 좋은 친구가 될 수도 있을 것 같았다.

하지만 서두는 갑자기 연락을 뚝 끊었다.

_ 너 혹시 여친 사귀어 본 적 한 번도 없어?

라는 질문을 한 뒤로.

서두는 어떻게 안 걸까? 내가 여자 친구를 한 번도 사귀어 본 적이 없다는 걸.

티, 티가 나나?

여자들은 육감이 뛰어나다는데, 딱 보면 알 수 있는 걸까? 사실은 모두 알고 있는 거 아닐까? 쟨 여자 친구 사귀어 본 적 없는 게 분명해. 그러다, 좀 이상하지 않아? 왜 없지? 여자애한테 관심도 없어 보여. 이상한데? 아하, 이 새끼 게이구나! 이런 식으로 생각하게 되는 건 아닐까?

불안해지기 시작했다. 그리고 정말 외로워졌다. 조신과의 관계도 그 사건 이후로 어색한 상태였고, 나에겐 내 불안과 외로움을 나눌 상대가 절실하게 필요했다.

컴퓨터를 켜고 동성애 사이트를 검색하기 시작했다.

꼭 누군가를 만나 사귄다거나 사랑에 빠진다거나 하는 걸 바란 게 아니다.

「나는 전설이다」란 영화를 본 적이 있는가?

좀비화 된 도시에서 윌 스미스는 위험을 감수하면서까지 사람, 그러니까 좀비화 되지 않은 자신과 같은 상태의 사람을 찾아 헤맨다.

나 역시 그런 기분이었다. 나와 같은 사람을 찾아 헤매고 싶어진 거다.

나는 그 영화를 보는 내내 무서웠다. 달려드는 좀비들도 무서웠지만, 그 큰 도시 속에서 자기 혼자만 다른 존재라는 게 너무 무서웠다.

그 전에도 동성애 커뮤니티를 알아보지 않은 건 아니었다. 하지만 가입하기까지 용기가 나지 않았다. 어쩌면 그만큼 절실하지 않았던 것인지도 모르겠다.

◆ 성인만 가입 가능합니다. ◆

또다시 벽에 부딪혔다. 나는 더욱 허둥거리기 시작했다. 찾고 찾아, 이름도 기억나지 않는 카페에 가입했다. 그리고 그곳에서 한 남자를 만났다.

_ 게…… 게이세요?

나는 바보 같은 질문을 했다. 게이 카페에서 게이냐고 묻다니. 하지만 남자는 꽤 상냥했다.

_ 네. 님은요?

_ 저도요.

나는 남자에게 궁금한 게 많았다. 하지만 어느 순간 나는 내 얘기를 털어놓고 있었다.

_ 학생이에요?

_ 네.

_ 고등학생?

_ 네.

_ 2학년?

_ 어, 어떻게 아셨어요?

_ 대충 때려잡은 건데. 난 대학생. 형처럼 대해.

내 얘기를 들어 줄 사람이 필요했던 건지도 모른다. 한번 터지기 시작한 말들은 나도 모르는 사이에 줄줄 새어 나가고 있었다.

_ 그 애도 절 좋아할 가능성이 있는 걸까요?

_ 글쎄. 좀 더 구체적으로 얘기해 봐.

_ 귀엽다는 말을 자주 하고, 볼을 잡아당기거나 팔을 잡거나 갑자기 끌어안거나

_ 너한테만 그럼?

_ 그건 아닌데요. 원래 성격이 그래요.

_ 성격이 그런 거면…….

_ 아, 근데 저한테 유독 더 그러거든요.

난 도대체 그에게 무슨 말이 듣고 싶어 그 많은 말들을 떠들었던 걸까? 객관적이고 냉정한 판단? 내가 원하는 혹은 기대하는 대답?

_ 그 친구랑은 같은 동네?

_ 네, 둘 다 학교 근처에요.

_ 어디 사는데? 혹시 이십동? 형은 거기 사는데.

_ 아뇨. 가나동이요.

_ 가나고등학교 다니겠네? 거기 남고지?

_ 네…….

뭔가 질문의 핀트가 어긋나고 있다고 느낄 때쯤, 남자가 말했다.

_ 나 진짜 진지하게 묻는데, 너 진짜 남자고 게이야?

_ 네. 거짓말 아니에요.

_ 친구도 남자고?

_ 네.

_ 와! 진짜 게이였네!

갑자기 남자가 돌변했다.

_ 야! 미친 새끼야! 사내새끼가 돌았다고 남자를 좋아하냐? 더러운 새끼. 와! 진짜 게이가 있었네! 와, 나 신상 파서 뿌려야지. 이거 다 캡쳐 해 놨거든. 넌 이제 인생 끝이다. 아니면 형 좀 만나 볼래? 형아가 예뻐해 줄게.

나는 벌떡 일어났다.

쿵.

의자가 뒤로 넘어갔다.

그야말로 심장이 떨어져 나가는 것 같은 충격이었다. 모니터 속에서 시커먼 손이 튀어나와 순식간에 심장을 뜯어낸 것만 같았다. 나는 눈과 입을 휑하니 벌린 채, 숨을 들이마시다가 얼른 전원 버튼을 눌러 버렸다.

시커먼 모니터 화면만 멍하니 바라보다, 중얼거렸다.

"병신."

그걸 그냥 꺼 버리면 어떡해, 병신아. 로그아웃을 안 했잖아. 탈퇴도 안 했잖아. 어떡하지? 나 이제 어떡하지? 학교에 찾아오면? 아니, 인터넷에 뿌리면? 침착해! 아니었다고 하면 되잖아. 어차피 그 새끼도 거짓말했잖아. 나도 거짓말이었다고, 장난이었다고…… 누가 믿어? 다들 의심할 거야. 이미 의심하고 있는데……. 어떡해야 되지? 아, 어떡해야 하냐고! 시발!

좀처럼 현실 감각을 되찾을 수가 없었다.

갑자기 게임 영상 속으로 빨려 들어간 것만 같았다. 좀비로 우글대는 곳에 인간은 나 하나다. 인간의 형상을 한 좀비들이 사방팔방에서 나를 물어뜯기 위해 달려드는데, 뛰다가 뛰다가 뛰다가, 아…… 어디 숨지?

그 뒤부터는 말 그대로 제정신이 아니었다. 컴퓨터를 켰다가, 껐다가, 어느새 전화기를 붙들고 통곡을 하고 있었다.

결국 여자 친구라는 연약한 방패막이 내가 취할 수 있는 최대한의 조치였다. 그 과정에서 생각나는 여자는 서두밖에 없었고.

다행히 그 남자가 한 말은 허풍이었는지 별다른 일은 일어나지 않았지만, 어쨌든 서두에게는 고맙게 생각한다.

고마운 건 고마운 건데, 왜 자꾸 음침한 데로 끌고 가는 거냐고! 이 여자가 틈만 나면 느끼하게 입술을 노리는 통에 무서워 죽겠다.

나름 첫 키스인데 이렇게 뺏길 순 없다고! 첫 키스만은 사랑하는 사람이랑 하고 싶은 남자의 순정을 무시하지 말라고!

아, 진짜! 다가오지 좀 마! 무서워! 무섭다고!

어휴, 내가 저걸 미친 척하고 확 덮쳐 버릴까?

홀린 듯 조신의 입술을 응시하고 있는데, 그 입술이 열린다.

꿀꺽.

그 요망한 입술이 기어이 불을 붙인다.

"있잖아, 혹시 나 병일까? 바, 발······."

"발, 뭐?"

"흠. 아니 바, 바람피우는 거 말이야."

"그런 게 일일이 다 병이면 세상에 병 아닌 게 있기는 하냐?"

"그렇지? 확실히 병은 아니지?"

"왜?"

"난 유전도 아닌 것 같아서. 역시나 환경이 원인인가?"

"그 동네 애들 다 너 같아?"

"아니. 우리 옆 가게 형은 신부님 됐고, 옆옆 가게 여자애 는······."

"꼭 원인이 있어야 하는 거냐?"

"응?"

"꼭 원인이 있어야 하는 거냐고."

갑자기 열이 확 뻗친다.

그거 혹시 정신병 아냐? 가정 환경이 원인이겠지. 이래서 게 이가 됐어요, 저래서 게이가 됐어요, 그런 말들 다 짜증 난다. 뭐, 원인이 있는 사람도 있겠지. 하지만 일반에서 조금 벗어난다고 해서 이것저것 끼워 맞춰서, 애는 이래서 이렇게 된 거임, 꽝꽝! 진단 내리는 거, 병명 붙이는 거랑 뭐가 달라?

"세상 천지에 인간인데, 이런 인간도 있고 저런 인간도 있는 거 아니냐? 아니냐고! 외로움 좀 많이 타도 병, 뭘 좀 특별히 좋아해도 병, 60억 지구 환자설 돋네. 아으, 시뎅."

"왜 화는 내고 그래."

"아, 병 아니라고! 시뎅아!"

"알았어, 알았어, 병 아니야. 아, 다행이다."

조신은 갑자기 활짝 웃더니 다시 진지하게 말했다.

"그리고 이건 혹시나 해서 말하는 건데, 네가 몰라서 그렇지, 내가 알고 보면 엄청 순수한 사람이다."

이미 알고 있는데.

조신은 사실 순수한 애다. 다만, 연애에 타고난 재능이 있을 뿐. 연애를 좀 복잡하게 한다고 해서 그 사람이 더러운가? 순진하지 않다고 해서 순수하지 않은가? 나는 그건 별개의 문제라고 생각한다. 연애를 복잡하게 하는 건 외로움이 많아서 그런 거고, 순진하지 않은 건 절대적인 경험이 많아서…… 쿨럭. 어쨌든 내가 아는 조신은 단지 욕구를 충족하기 위해서 여자를 만나거나 이용하는 인간은 아니다. 조신은 스킨십을 좋아하지만 성적인 것과는 조금 다르다. 조신은 그저 사람의 체온이 늘 그리운 거다. 지나치게 외로움을 많이 타고, 그래서 안정된 관계에 집착한다.

하지만 불행하게도 조신은 똑똑하다. 그래서 변하지 않는 관계란 없다는 걸 잘 안다. 그리고 자신이 믿고 있던 안정된 관계가 깨졌을 때 받을 상처가 얼마만큼의 충격일지를 안다.

그러다 보니 여기저기 보험을 들어 두는 것이다. 자신의 불안을 잠재우고, 너무 깊이 빠져드는 걸 막기 위해서. 하지만 결국은 그 보험들 때문에 모든 관계들이 불안정한 위치에 내몰리게 되는데도.

"진짜라니까. 난 순수한 남자라고. 난 바, 발……."

알아. 안다니까.

그래서 내가 이제껏 고백을 안 했잖아. 아니, 못 했잖아. 네가 끔찍할 정도로 굳게 믿고 있는 우리의 안정된 관계가 깨질 때 네가 받을 충격을 아니까.

생각 끝에 혼자 깨닫는다.

이러니저러니 고민하는 척해도 결국은…….

그래, 난 너한테 고백 못 해.

조신이 입술을 오물거리며 말을 이었다.

"그래서 말인데, 나 순정이랑 진짜 잘해 보려고. 아는 여자들도 다 정리하고."

뭐, 인마?

이건 뭐, 마른하늘에 날벼락도 아니고. 배신감에 피가 거꾸로 치솟는 것만 같다.

배신감이라니? 조신이 뭘 배신했는데?

나도 조신이 이 여자, 저 여자 만나는 게 싫었다. 하지만 그건 여자를 만나는 것 자체가 싫었던 거다. 모순적이지만, 조신이 여자를 만나는 게 싫으면서도, 바람피우는 건 다행이라 여기고 있기도 했다. 누군가에게 절대적인 감정은 주지 않고 있다는 의미니까. 즉, 조신이 절대적인 감정을 주는 상대는 나밖에 없었던 것이다.

니들이 아무리 여친이니 뭐니 삐겨도, 나만큼 조신과 친밀하진 못하다는 우쭐함. 이러니저러니 해도 조신이 죽고 못 사는 사람은 나밖에 없다는 안도감. 그건 조신이 나에게 부여한 절대반지, 절대관계나 다름없었다. 절대적인 우위.

그렇기 때문에 나는 조신 옆에서 곰 새끼처럼 마늘만 먹으면서도 무려 2년이라는 시간을 인내할 수 있었던 것이다.

그런데 뭐? 이제 와서 이 새끼가 뒤통수를 쳐도 유분수지. 다 정리? 순정이랑 잘해 봐? 이 새끼야! 남자는 일관성이 있어야 하는 거야! 일관성이! 이럴 거면 그냥 여자들 만나! A부터 XYZ까지 다 만나라고! 아까운 재능을 왜 썩혀!

조신이 결정타를 날린다.

"며칠간 내내 고민했는데, 나 진짜 순정을 좋아하고 있는 것 같아. 순정은 달라."

그 위에 쓰나미.

"난 순정이랑 결혼할 거야!"

"이런 미친!"

"아, 왜에?"

"네 나이가 몇인데 결혼이야, 결혼이!"

"참 내, 나중에."

"나중이고 나발이고. 너 이 시뎅! 결혼해서 평범하게 살면 네가 퍽이나 행복하겠다."

"행복할 것 같은데."

"어휴, 애가 뭘 모르네. 사람 사는 거 다 거기서 거기야. 애는 돈 잡아먹는 기계지, 넌 일하는 기계지, 일상은 구질구질하지."

"그런 게 행복이지."

거기까지. 졌다. 그래, 조신은 이런 애였지. 알고 보면 굉장히 소박한 애. 소박하고 안정적인 꿈을 꾸는 애.

"아, 순정 왔대. 나 가 볼게. 낼 보자."

가지 말라고! 이 시뎅아!

지금 잡지 않으면 정말로 조신이 사랑에 빠져 버릴 것 같은데, 나는 어떤 가망도 가질 수 없게 되어 버릴 거 같은데, 잡지 못했다.

조신을 잡기 위한 빌미로 떠올린, 순정에 대한 비방들이 입안에 쓴 물처럼 고였다 사라진다.

조신은 일반적인 사람이니까. 조신은 일반적인 사랑을 하고, 일반적인 행복을 누려야 하니까. 이반인 나는 이제, 정말 그만해야 할 것 같다.

"시뎅, 내가 이번 생애만 참아 준다."

다음 생에는, 다음 생에는…… 태어나지 않을 테니까.

사람으로도, 짐승으로도 태어나지 않을 거다. 분위기를 망쳐
놓는 모기로도, 고요한 식물로도 태어나지 않을 거다. 마성의 게
이로도…… 태어나지 않을 거다. 더 이상의 고통은 없을 거다. 이
번 생애만 지나면. 지금만 참으면. 그러니까 아무렇지 않다. 그러
니까 밥도 맛있게 먹을 수 있다.

입안에 남아 있던 만두를 우적우적 씹어 삼켰다. 빈 만두 접시
위로 눈물이 뚝 떨어진다.

조신은 내가 좋아하는 것들을 습관처럼 내 쪽에 놓아 준다.

조신, 그거 아냐?

난 이제 만두를 먹을 때면 그 '만두'가 아니라 널 떠올린다는 거.

난 별로 섬세하지도 않은데, 이상하게 조신만 만나면 청승이
막 튀어나오려고 한다. 이게 다 아픈 사랑을 너무 오래 해서 그
런 거라고, 이 새끼야! 2년 동안 마늘만 먹고 버티느라 속이 쓰린
곰의 쓰린 사랑을 네가 아냐고!

아으, 시뎅!

시뎅. 이것도 조신 때문이었지. 기가 찬다. 이젠 하다 하다 욕
하나에도 조신과의 추억이 서려 있다니. 너 이 새끼, 평생 아플
추억이 될지도 모르겠다.

이젠 정말…… 레드 썬.

집에 들어가자마자 외쳤다.

"엄마! 나 전학 가면 안 돼? 어?"

나는 엄마가 이 새끼가 미쳤나, 하고 팰 줄 알았다. 그런데 엄마는 나를 빤히 보더니 끌어안아 주었다. 다 안다는 듯이 등을 토닥토닥. 참았던 눈물이 툭 터지듯 흘러내렸다.

잠깐!

이 상황은 뭐지? 혹시…… 제발! 세상아, 더는 나를 놀라게 하지 말아 줘! 나를 더 이상 내몰지 말라고! 나는 덜덜 떨며 엄마에게 물었다.

"엄마, 설마…… 알고 있었어?"

엄마는 겁에 질린 내 얼굴을 보더니, 정색을 하고 말했다.

"그럼 모를 줄 알았냐? 시험을 그 따위로 쳐 놓고, 전학? 저언하악?"

그러면서 등짝을 꽉꽉 때린다. 그 순간 눈물이 쏙 들어가면서, 레드 썬!

"엄마는 왜 그래, 진짜! 용돈만 많이 줘 봐! 성적이 확확 오르지! 공부도, 어? 기름칠 좀 하고 그래야 잘되는 거 몰라?"

"뭐, 용돈? 요옹도온? 이건 입만 열면 돈이야. 어린 게 돈맛은 알아 가지고! 성적이 올라야 용돈도 오르지!"

"용돈이 올라야 성적이 오르지!"

나는 빽 소리를 지르고 얼른 방으로 도망갔다. 여차하면 문을 잠그려고 문틈으로 엿보니, 엄마가 고개를 절레절레 흔들며 욕을 퍼부었다.

"빼돌렸으면 들키지나 말든가! 어휴, 속 터져! 도대체 왜! 성적표를 집 안 폐지 박스에 버리는 거냐고!"

"아무리 그래도 종이는 재활용해야지."

"저 바보 같은 놈이! 그걸 말이라고!"

바보는 누가 바보라고. 엄마가 명탐정 뺨치는 거지. 누가 폐지 박스를 뒤질 줄 알았겠냐고.

참! 나 아까까지 슬펐던 것 같은데. 어떻게 된 게 이놈의 집구석은 슬픔도 지속이 안 되냐? 단절된 가정의 참상이다. 이래서야 내가 감수성 예민한 사춘기 소년이 될 수 있겠냐고. 이래서 가정 환경이 중요하다는 거야.

다시 마음을 가다듬고, 실연의 아픔을 끌어올리려 하고 있는데, 띠딕.

아, 진짜, 뭐냐고! 나 지금 무지하게 슬픈 사람인데!

메시지를 확인하는 순간, 또다시 레드 썬!

이게 미쳤나.

뭐, 만나? 누가 누굴 만나? 이 미친!

안 그래도 내가! 어? 요즘 한 놈만 걸려라! 하던 참이거든!

그래, 너 잘 걸렸다.

박순, 넌 죽었어! 시뎅.

팬질...
그건 아마도
전쟁 같은 사랑~

박순의 이야기
사랑과 전쟁

커피전문점 문을 열고 들어서면서 주위를 둘러본다.

나는 여기서 안평을 만나기로 했다.

이게 얼마 만이지?

아, 말이 안 되나? 우리는 사실 오늘 처음 만나는 거니까. 그 일이 없었다면 이렇게 실제로 만나게 되는 일도 없었겠지.

인터넷 커뮤니티라는 게 그렇다. 아무리 오랜 시간 친목을 다져도 그 공간을 벗어나면 끝이다. 특히 팬카페라는 곳은 더욱 그렇다. 그곳은 같은 대상을 좋아한다는 이유 하나로 묶이는 곳이기 때문에, 그 동질감이 없어지면 정말 끝인 것이다. 아마 안평과 나의 인연도 자연스럽게 흘러갔다면 그렇게 끝났을 것이다. 그 일만 없었다면.

오히려 고마워해야 하나?

아, 그렇게 생각하면 너무 뻔뻔한가?

1층을 대충 둘러보곤 음료를 주문했다.

"라즈베리스노우화이트프라푸치노 주세요."

커피전문점에만 오면 왜 콧대가 올라가는 기분일까? 마치 내가 초미녀 여대생, 혹은 전문직에 종사하는 초능력 여자사람이 된 것만 같다.

나는 트레이를 들고 우아하게 2층으로 올라갔다. 2층이 최고다. 탁 트여서 전망도 좋고. 어, 그런데 창가 쪽에 빈자리가 없다. 3층으로 향했다. 안평이 찾기 힘들지 않을까, 살짝 걱정이 됐지만 아무래도 창가 자리는 포기하기 힘들다. 뭐, 알아서 찾아오겠지.

3층도 대충 둘러본다. 여자 친구를 기다리는 것 같은 남자애가 하나. 커플이 한 쌍. 역시나 안평은 없다. 시간을 확인한다. 약속 시간에서 5분이 지나 있다. 하, 이 새끼. 지, 각, 하, 네? 그래, 지은 죄 많은 내가 참아야지.

후훗.

그래도 창가 자리에 앉았다는 거. 아마 안평도 기뻐할 거다. 안평은 섬세한 게이니까 내 마음을 모를 리 없다. 그래, 우리는 유독 마음이 잘 맞았는데.

공통점도 많았다. 좋아하는 만화 취향이나, 싼티 나는 입맛, 묘하게 모범생 같은 면까지.

_ **봐, 순희** 야, 약속 시간 늦는 건 진짜 개념 문제를 떠나 범죄 아니냐?

_ **진게이** 참 내, 그럼 당연 범죄지! 아니냐? 상대방한테 막대한 피해 주는 거 아냐? 그 시간에 내가 알바, 하다못해 마늘을 깠어 봐. 시뎅, 돈이 얼마야?

_ **봐, 순희** 그러니까. 벌금 물고, 합의 봐야 한다니까.

_ **진게이** 장난해? 일단 신고부터 해야지. 경찰은 도대체 뭐 때문에 있는 거야.

또라이 같긴 하지만, 어쨌든 모범은 모범이다.

그런 안평이 약속에 늦을 리 없는데. 뭐, 사람이 살다 보면 5분 정도 늦는 거야…… 있을 수 없다. 안평이 그런 범죄를 저지를 리 없다.

역시나, 안 오는 걸까?

안평과 주고받은 메시지를 훑어본다.

귀여운 말풍선들이 화면 안에 조로록 달려 있다. 하지만 안에 실린 메시지는 살벌하다.

_ 우리 만나자.

_ 이게 죽을라고.

_ 나 팬질 접는다.

_ 니가?

_ 어.

_ 니가?

_ ……아, 시발.

_ 근데 어쩌라고?

_ 명동 한복판에서 화끈하게 "어빠, 사랑해여." 삼세번 고백하고 쿨하게 이 바닥 뜨려고.

_ 헐, 병신 인증.

_ 안 나오면 네 이름 부르는 수가 있다.

_ 너 내 이름 모르잖아, 시뎅아. "사랑해요, 조선의 진게이." 열나게 외쳐라. ㅋㅋㅋ

_ 낼모레 3시. 그리고 나 네 이름 알거든. 자기가 말해 놓고. 기억력 고자냐?

_ 너 안 하기만 해 봐.

_ 야, 너 나 몰라?

_ 누구신데요?

꽤 길게 이어진 대화. 6개월 만이었다. 어쩌면 안평도 기다리고 있었을 거라 생각한다. 시간이 지나, 좀 진정되고 정리된 뒤에 제대로 끝을 낼 수 있는 때를.

사이버상이었지만 무려 4년을 알았다. 그리고 내가 한 5년간의 팬질에서 가장 친했다고 말할 수 있는 상대였다. 죽이 맞아 주고받은 쪽지며 문자도 양으로 따지면 책 한 권이다. 그것도 하루가 멀다 하고 대화하던 사이다. 팬덤을 떠나는 일을 안평에게

만은 꼭 알리고 싶었다. 아니, 나에게는 그럴 의무가 있었다.

떼덱!

방정맞은 소리를 내며, 메시지가 도착했다.

_ **5+5덕** 봐순, 너 그 영상 봤냐?

_ **봐, 순희** 뭔데?

_ **5+5덕** 일단 봐.

휴, 나는 너무 깊이 박혀 있다. 내가 찾아 들어가지 않아도 소식이 들려온다. 난 곧 휴대폰도 바꿀 예정이다. 최신폰은 언니에게 주고, 번호도 바꾸고, 구형폰을 사용할 예정이다. 스마트한 세상은 나에게 너무 많은 고통을 준다.

10덕이 보낸 영상을 열어 봤다. 보는 순간, 눈에서 불이 일었다.

"······하."

말이 나오지 않았다.

누군가 몰래 찍은 영상은 별 이름 없는 잡지사 화보 촬영 현장이었다. 그 영상 속에서 나의 스타 '쌀떡'은 내내 기가 죽은 모습이었다. 그리고 들려오는 욕설.

"야! 얼굴 일그러뜨리지 말고 제대로 웃으라고, 시발."

저 시발놈이 누구한테 시발이래?

아이돌이 화면에서 사라지는 순간, 무대 뒤편으로 내려오는 순간, 그들을 대하는 사람들의 태도가 얼마나 상이하게 변하는지 나는 너무도 잘 안다. 방송에선 알랑방귀를 뀌어 대던 선배 연예인이 방송이 끝나는 순간 돌변하고, 심한 경우는 소속사 사장이 불러 구타를 하기도 한다. 하물며 한물간 아이돌이야 말할 것도 없다.

하지만 안다고 해서 용납이 되는 문제는 아닌 것이다. 왜냐하면 그는 우리에게 소중한 존재니까. 피붙이가 모욕을 당한 것 이상으로 마음이 아프다.

네가 뭔데 함부로 대해. 얼마 전까지만 해도 너 같은 새끼랑 작업할 사람 아니었다고.

하지만 지금은 마음이 아픈 것은 두 번째 문제다. 흥분한 팬들이 항의할 거고, 그러면 그는 더 곤란해지고 만다. 가뜩이나 일도 없는데.

알고 있는 이상, 가만있을 수는 없다. 신속하게 카페로 들어갔다. 이미 패닉 상태다. 일단 이곳부터 진정시켜야 한다.

_ **똑순** 일 크게 만들어서 좋을 거 없는 거 알지? 트윗으로 욕하면서 공격해 봤자 극성맞은 기집애들 취급밖에 못 받는다.

이미 몇몇이 사태를 수습하고 있다.

내가 없어도 큰일은 안 나는구나. 다행인데, 한편으론 기분이 이상하다.

_ **내새끼** 니들 진정 안 하냐? 이쪽 이미지만 버리고 우리 애만 우습게 된다고. 팬덤 극성맞다고 업계에 소문나서 좋을 거 뭐 있는데?

_ **쌀눈** 그래서 가만있자고? 팬이 왜 있는데? 부당한 대우 받을 때, 보호해 주고 항의해 주는 게 팬 아니야?

_ **똑순** 잡지사 공식 트위터에 항의 트윗 돌리자. 욕설 쓰면 안 되고, 최대한 논리적이고 정중하게.

_ **떡마려** 영상도 지워.

_ **떡이누나** 영상 누가 공개로 해 놨어? 이런 영상 돌아 봤자, 비웃음거리밖에 안 된다는 거 모르냐?

_ **내새끼** 생각 없어? 안티들한테 광고를 해라. 우리 애 이런 취급 받는다고.

_ **똑순** 야, 우리끼리 싸우지는 말자.

_ **5+5덕** 사진작가 새끼는 트윗 없지?

_ **쌀눈** 신상 못 캐?

_ **궁중떡** 차 번호 알아내서 테러하러 가자. 차가 떡이 돼야 정신 차리지.

_ **떡마려** 야! 괜히 일 키우지 말라고 했지. 진정하고 일단 이름이랑 프로필 정도만 알아 놓자.

금세 프로필이 올라온다.

_ **똑순** 분하지만 지금 할 수 있는 일은 없어.

_ **쌀눈** 그래서 그냥 넘어가자고?

_ **내새끼** 잊지 않겠다, 개새끼.

_ **쌀눈** ㅠㅠㅠㅠㅠㅠㅠㅠㅠㅠㅠ

이어지는 눈물의 행렬.

몇 분 지나지 않아, 잡지사 공식 트위터에 사과문이 올라온다.

그리고 내 입에선 안도인지 체념인지 모를 한숨이 흘러나온다.

이렇게 또 하나의 전쟁이 지나갔다.

전쟁.

할 일 없고 광적인 애들이 하는 게 팬질이라고 생각하는 사람들도 있다. 어쩌면 그런 팬도 있을지 모른다. 하지만 내가 아는 팬은, 팬덤은 늘 전쟁을 치르면서 속으로 곪아 가는 사람들이다.

누군가를 좋아한다는 이유 하나만으로, 끝도 없는 전쟁터에서 피를 흘리는 사람들이다. 적어도 내 사랑은 그랬다.

긴장이 풀려 음료를 한 모금 마시는데, 머리 꼭대기에서 목소리가 들렸다.

"여기서도 팬질이냐? 한눈에 알아보겠네, 시뎅!"

깜짝 놀라 고개를 드니, 여자 친구를 기다리는 것 같아 보이던 남자애가 내 폰을 내려다보고 있다. 남자애는 무표정하게 나를 빤히 보더니 말했다.

"생긴 건 개멀쩡하네."

나도 모르게 더듬거리며 말이 나왔다.

"서, 설마 진게이?"

그러자 그 애가 여전히 무표정한 얼굴로 입만 움직인다.

"그래, 내가 조선의 진게이다."

"와! 너 진짜 의외다."

감탄이 절로 나왔다. 이렇게 평범하게 생겼을 줄이야!

아무리 사이버상의 친구라 해도 이렇게까지 상상을 벗어날 줄은 몰랐다. 나는 안평이 좀 더, 아니, 훨씬 더 꽃미남일 줄 알았다. 그런데 이건 꽃은커녕 웬 감자. 이제까지 내가 콘서트장이나 팬미팅, 공개 방송에서 맞닥뜨린 남팬들은 하나같이 평균 이상의 외모를 가지고 있었던 것이다. 제길, 외모에 자신 있는 애들만 그런 곳에 오는 거였어!

"고맙다."

"뭐가?"

"네가 남팬과 게이에 대한 환상을 동시에 깨뜨렸어."

"우리 지금 처음 만난 사이거든? 넌 시뎅, 예의를 습득하지 못했냐?"

"야! 못 배운 게 죄냐?"

내가 되묻자 정색을 하고 대답한다.

"죄는 아니지만, 내 마음에 실질적인 상해를 입혔으므로 그에 대한 피해 보상은 해야 한다고 본다. 커피 한 잔 정도로 합의 보자."

돈에 대해서만은 늘 평균 이상의 철저함을 가진 안평이었다. 할 수 없이 1층까지 내려가 안평의 커피를 사 가지고 올라왔다.

아이스 아메리카노를 내밀며 괜히 찔려서 말했다.

"제일 싼 거 사 가지고 왔는데 한 소리 안 하냐?"

"아이스니까 제일 싼 건 아니지. 마시면 끝인데 뭐하러 사치를 부리냐?"

그렇다. 안평은 철저하면서도 참으로 검소한 사람이었다. 사이버상에서 내가 알고 있던 진게이와 실제 안평이 하나로 합쳐지는 기분에 괜히 코끝이 찡했다.

"팬질 접는다고?"

여운이 채 가시기도 전에 안평이 본론을 꺼낸다.

"왜?"

안평이 묻는다. 나는 이제 대답을 해야 한다. 글쎄, 어디서부터 이야기해야 하는 걸까?

팬덤은 늘 전쟁을 치른다.

몸이 망가지도록 이용만 해 먹고 수익금은 제대로 배분하지 않는, 자기들 사업체 불리기에만 골몰한 소속사와도 싸워야 하고, 다른 아이돌 그룹의 팬덤과도 싸워야 한다. 그리고 웃기게도 가끔은 소속사를 위해서도 싸워야 한다. 소속사에 대한 공격이 그 소속 연예인들을 포함하는 경우가 대부분이기 때문이다. 그 소속사 연예인들은 하나같이 스타일이 똑같다느니, 인형 찍어내기 공장이니 하는 공격에 가만있을 수는 없으니까. 우리가 정말 소속사를 찬양하는 얼간이, 백치라서 소속사 편을 드는 건 아니라는 거다. 팬덤은 바깥에서 보는 것처럼 멍청하지 않다.

사소하게는, 예능이나 쇼프로에서 우리 아이돌이 모욕적인 발언을 들었을 때, 우리는 해당 방송국 게시판으로 달려가 싸운다. 그리고 각종 망할 투표들에도 달려가 투표 전쟁을 치른다. 주제가 쓸데가 있든지 없든지 간에, 짜증 날 정도로 유치하건 말건 간에 이름이 올라와 있는 이상 해야 한다. 표면적인 이유로는 팬덤이 건재하다는 걸 알리기 위해, 실질적인 이유로는 그렇게 해야 기사 하나라도 더 나니까. 연예인은 노출이 생명이고, 인기가 인기를 부른다. 각종 설문 조사에서 1위라는 건 무시하지 못할 홍보 수단이다.

이 크고 작은 전쟁들 가운데, 가장 이야기하고 싶지 않은 전쟁이 있다. 우리 모두 덮어 두려 하지만, 사실은 가장 치열하고 가장 끈질긴 전쟁.

오직 그룹팬덤 안에서만 일어나는 기괴한 전쟁. 바로 그룹 자체를 응원하는 그룹팬과 특정 멤버만을 좋아하는 개인팬들 간의 전쟁이다.

사실, 내가 이렇게 얘기하면 이의를 제기할 팬들이 많다는 걸 안다. 그룹팬과 개인팬은 딱 잘라 나눌 수 있는 성질이 아니기 때문이다. 그룹팬이라도 멤버 전원을 똑같이 좋아하지 않는 경우도 많으며, 개인팬이라 해서 그룹을 응원하지 않는 것도 아니기 때문이다.

게다가 팬덤 안에는 멤버 한 명만 좋아하는 사람, 멤버 중 두 명만 좋아하는 사람, 멤버들 간의 커플 놀이를 즐기는 사람, 그룹 자체의 성격, 즉 기획물로서의 그룹만 좋아하고 정작 멤버들에겐 그다지 관심이 없는 사람 등 다양한 성향의 팬들이 존재한다.

그뿐인가. 그 팬덤 안에서도 처음에는 누구 팬이었다가 다른 멤버 팬이 되기도 하고, 겉으로는 그룹팬이라고 이야기하면서 실상은 한 멤버만을 좋아하는 경우도 허다하다. 해서 그룹팬과 개인팬을 구분하는 건 사실 의미가 없다. 하지만 그럼에도 우리는 구분한다. 그룹팬 카페에서 노는 애들과, 개인팬 카페에서 노는 애들로.

나와 안평은 그룹팬 카페에서 만났다. 일명 분식 천국.

사실 그룹을 응원하는 팬들이라고 해도 더 아끼는 멤버, 즉 본진은 있기 마련이다. 그리고 그건 오랜 시간 부대끼다 보면 자연스레 파악이 된다.

안평은 '만두' 팬이었다. 나는 '쌀떡' 팬. 본진이 다름에도 불구하고 쿵짝이 잘 맞았던 나와 안평은 그 안에서 콤비나 마찬가지였다.

하지만 반년 전, 그 관계는 깨지고 말았다.

모든 문제의 시작은 만두가 드라마에 남자 주인공 친구로 출연하면서부터였다.

다른 멤버가 본진인 팬들은 드라마 시작 전부터 불만이 많았다. 생명이 짧은 아이돌에게 있어 개인 활동은 수명을 연장해 줄 생명줄이나 다름없으니까.

왜 하필 만두야? 우리 오빠가 인기 더 많은데.

이렇게 대놓고 표현하지는 않았지만, 교묘히 비꼬거나, 히스테릭한 글들이 올라오기 시작했다. 나는 그때까지는 만두 편을 들었다. 만두는 그룹 결성 당시에는 '얼굴 마담'으로 가장 인기가 많았지만, 데뷔 이래로 살이 끝도 없이 찌는 바람에 오랫동안 빛을 보지 못한 멤버였다. 한마디로 그는 가장 인기 없는 멤버, '쩌리'였다. 그래서 나는 만두에 대해 동정 어린 애정을 갖고 있었다.

'어휴, 우리 만두도 좋은 기회 잡아야 할 텐데.'

'남주의 친구'라는 비중이 적은 역이라 아쉬웠지만, 그가 경험을 잘 쌓아 좋은 이미지를 키워 가기를 진심으로 원했다.

그런데 만두는 기대를 훨씬 뛰어넘는 대박을 터뜨리고 말았다.

화려한 조명 아래 서 있을 때는 살 때문에 퉁퉁 부어 흐릿했던 얼굴이, 선명한 TV 화면에 클로즈업되자 놀라울 정도로 조화로운 이목구비가 드러났다. 설상가상 그는 연기에 탁월한 소질까지 있었다.

드라마가 진행되면서 만두의 출연 비중은 점점 늘어났고, 급기야 드라마의 원래 계획과는 전혀 상관없이, 별 캐릭터도 없던 남자 주인공의 친구에서, 급조된 아픔을 가진 인물이 되더니, 급기야 여자 주인공을 짝사랑하는 아련한 서브 남주까지 오고 말았다. 그리고 그의 통곡 연기에 전국의 아줌마들이 거품을 물었다.

만두는 슬픈 뚱보, 예쁜 뚱보로 불리며 제2의 전성기를 맞게 되었고, 동시에 전쟁이 시작되었다.

대거 유입된 아줌마들, 이모팬들은 참 눈치가 없었다.

_ **우리만두** 드라마 보고 팬 됐어요. 우리 만두 영상 찾아보니, 그룹 노래도 좋더라고요.

그들은 만두 신입 팬인 티를 팍팍 냈다. 그룹도 사랑해 주니 당연히 환영받는 거 아니냐고? 천국에서 살다 왔나? 이봐, 세상은 그렇게 단순하지 않다고. 그룹팬덤에는 보이지 않는 룰이 있다. 누구 팬인지 티 내지 말 것. 특히 인기 많은 멤버의 신입 팬이라면. 티 내는 순간, 타 멤버 팬들에게 이리저리 물어뜯겨서 기어이 제 발로 나가게 되어 있다.

신입 회원이라는 글에 달린 리플들은 대부분 이런 거였다.

_ 짤 달어, 병신아.

간간히 만두가 본진인 팬들이 이모팬들을 위로해 주긴 했다.

_ 환영합니다. 분위기는 차근차근 익히면 되니까 너무 겁먹지 마세요.

하지만 이모팬들을 놀림거리로 만드는 분위기는 쉽게 수그러들지 않았다.

_ 닉네임 좀 봐. 우리만두래, 시발. 오글거려서. 토 나오겠네.

_ 지 새끼야, 뭐야? 우쭈쭈. 징그러.

_ 분위기 파악도 못 한단 말이야. 아줌마들이 집구석에서 밥이나 하지 말이야.

사실 우리도 우쭈쭈 하면서 논다. 솔직히 말하면 더 오글오글하게 논다. 그런데 왜 시비냐고? 마음에 안 드니까.

이모팬들은 안방에서 고운 꼴만 보고 살았는지 거친 대접에 쉽게, 음매 기죽어 모드가 되었다.

결국 이모팬들은 자신들이 왜 박대받는지 이유도 모른 채, 어리바리 굴다 쫓겨 나갔다. 그냥 거기서 끝났으면 좋았을 것이다. 그런데 이모팬의 수가 너무 많았던 게 문제다.

이모팬들은 이모팬덤이 되어 버렸고, 계속해서 문제를 만들어 나갔다. 초기에 조금 푸대접받은 게 억울했던지, 태도를 돌변해 반그룹적인 언행을 일삼았던 것이다. 설상가상 타 멤버들을 욕하는 분위기까지 생겨났다.

그러니 우리가 가만히 있을 수 있었겠는가? 그룹팬덤은 바로 제지에 들어갔다.

가장 많은 수가 모이는 이모팬카페인 '시장만두'에 대한 저격이 시작되었다.

_ 그룹 분열 일으키는 너희가 바로 이단이다!

이모팬들은 이런 일이 처음인지, 당황해 자기들끼리 싸우고 난리도 아니었다. 그룹팬들이 선배니까 선배들 말을 들어야 한다는 친그룹파와, 그룹팬덤이 무슨 자격으로 개인팬덤을 저격하냐는 반그룹파로 나뉘어 피 터지게 싸웠다. 이른바 분열이 일어난 것이다.

우리는 기세를 몰아 애정 어린 조언을 날렸다.

_ 문제의 근원을 없애면 문제도 없어진다. 카페 문 닫아!

그런데 그게 문제였다. 석유 뿌린 집에 불붙인 꼴이 되고 말았다. 팬덤 초창기 세력 싸움에 져서 중심에서 물러나 조용히 은거하고 있던 만두 팬들이 다 튀어나온 것이다.

_ 당장 우리 이모팬덤에서 손 떼!

_ 문 닫을 때까지 못 떼!

이제 싸움은 그룹팬덤과 만두팬덤 전체의 전쟁이 되어 버린 것이다. 상황이 이 지경이 되니 분식 천국도 멀쩡할 수 없었다. 그리고 그때부터 나와 안평은 다른 길을 걷기 시작했다.

_ **우쭈쭈** 모든 게 다 아줌마들 때문이야. 아줌마의 '아' 자만 들어도 토 나와.

_ **진게이** 시뎅, 솔직해질 수 없냐? 마녀사냥 그만해.

_ **봐, 순희** 마녀사냥? 그년들이 멤버 까는 거 보고도 그런 말이 나와?

_ **진게이** 솔직히 다른 멤버 개인팬카페에서도 그 정도 얘기는 나와. 카페는 이런 인간도 있고, 저런 인간도 모이는 곳이다. 그 카페 문제는 그 카페에서 해결할 일이야. 우리가 이래라저래라 할 자격 없어. 그리고 고작 그런 말 몇 개 캡처 해 가지고 뿌리면서 전체가 그런 것처럼 오바 그만해.

_ **분식짱** 오바? 지금 저것들이 돈지랄 하면서 그룹 뒤흔드는 거 안 보여?

_ **진게이** 돈지랄? 기존 팬이 하면 서포트고, 이모들이 하면 돈지랄이냐? 그 기준이 도대체 뭔데? 너네 지금 '팬덤 흔들기' 하고 있는 거잖아. 아냐?

어쩌면 그룹을 지킨다는 건 다 핑계고, 팬덤 흔들기가 목적이었는지도 모른다. 인기 많은 멤버의 팬덤을 뒤흔들어 분열시키는, 참 오랜 전통.

그룹팬카페라는 곳이 참 재밌다.

그룹팬카페에서 가장 활발하게 활동하는 사람들이 누구일 것 같은가? 가장 인기 많은 멤버의 팬? 아니면 그룹 전체를 응원하는 팬? 아니다. 바로 두 번째로 인기 많은 멤버의 팬들이다. 어째서 그런 거냐고?

인간이란 정치적인 동물이다. 팬덤 역시 지독하게 정치적이다.

한 멤버가 잘나가면, 일명 메인이 되면 나머지 멤버 팬들이 견제한다. 똘똘 뭉쳐 1등을 몰아내는 분위기가 형성되는 거다. 그럼 2등은 자연히 호랑이 떠난 굴의 주인이 된다. 3, 4등의 지지를 받아.

아이돌 팬덤계에는 오랜 세월 내려오는 유명한 말이 있다.

'너만 아니면 내가 메인.'

2등은 독하다. 메인이 되기 위해 극성스러워질 수밖에 없다. 그게 비록 팬덤 안에서만 통하는 메인이라고 해도.

그리하여 일반인들 사이에선 이런 말이 떠돌게 되는 것이다.

'1이 유명한 것 같지만, 실제로는(팬덤 안에서는) 2가 인기 더 많다며?'

그럼 2는 만족하는 것이다. 봤지? 우리가 메인이야.

따라서 그룹팬덤의 분위기를 조성하는 건 2위 팬덤이다.

1의 팬카페를 저격하는 글이 올라온다.

_ 아오, 미친 이단들. 저것들은 진짜 고소해야 하는 거 아니야? 이건 진짜 그냥 넘어갈 일 아니다. 고소해서 정신 차리게 만들어 줘야 한다니까!

필요 이상으로 반응하며 부풀린다.

2의 팬카페를 저격하는 글이 올라온다.

_ 꺼져, 거기 얘길 왜 여기 가져옴? 병신아, 이간질하지 말고 거기 가서 얘기해.

그리고 얼른 화제를 돌려 버린다.

세상 어느 곳이든 힘 있는 쪽이 원하는 게 역사로 남고, 다수가 말하는 게 진실이 되듯, 이곳 역시 마찬가지다.

하지만 나는 이것이 잘못된 것이라 여기지 않는다. 균형을 이루는 방식 중의 하나라고 생각한다. 1의 팬덤이 그룹팬덤까지 장악해 버리면 나머지 멤버의 팬들은 버텨 낼 의지를 잃어버리고 만다. 결국은 그룹팬덤 자체가 붕괴된다. 그룹은 유독 잘나가는 멤버 하나로 유지되는 곳이 아니다. 표면적이나마 멤버들 간의 균형을 맞춰 주어야 한다. 누가 제일 유명한지 모르는 게 아니다. 다만 모르는 척 덮어 두고 희석시키는 거다. 그게 비록 눈 가리고 아웅에 불과하다 해도 일종의 배려라고, 모두를 위한 길이라고, 그게 옳다고 믿었다.

나는 중학교 1학년 때부터 팬덤 안에 있었다. 그리고 팬덤 안에서 정치를 배웠다. 나는 철저하게 그 논리에 물든 인간이었다. 그래서 안평에게 그렇게 말하고 만 것이다. 내가 배워 온 방식에 따라. 약점 잡아 저격하고 기선 제압하는 것.

흥분한 나는 안평의 입을 닥치게 하기 위해서는 무슨 말이든 할 수 있었던 것이다. 안평이 주도권을 잡기 전에.

_ **진게이** 니들 이럴 때마다 얼마나 소름 끼치는 줄 알아? 솔직히 이게 처음이야? 옛날에 튀김 팬카페 이단 저격해서 문 닫게 했을 때랑 똑같은 방식, 언제까지 통할 거라고 생각해?

안평은 너무 많은 것을 알고 있고,

_ **진게이** 개인보다 그룹이 우선이라는 사고방식, 멤버 개인팬

보다 그룹팬이 더 우위에 있다는 고정관념, 그거 이용해서 니들 그룹팬 코스프레하면서 순진한 애들 선동하고, 정치질 하고, 마녀사냥 하고 있잖아.

너무 오랫동안 함께해 왔다. 카페에서 오래 활동한 멤버의 발언은 파급 효과가 크다. 우리는 안평에게 반격하기 시작했다. 안평의 말이 길어져 팬카페 회원들을 선동하지 못하도록.

_ **5+5덕** 뭐라는 거야, 이 새끼가. 꺼져.

_ **김마랴** 뭐 논리가 있어야 상대를 하지 마랴. 꺼지란 마랴.

_ **옆가게** 야, 이 새끼 병신이야. 아예 상대하지 마.

_ **우쭈쭈** 이 새끼 알고 보니 개인팬에 이단이었네! 이제까지 그룹팬 코스프레하느라 힘들었겠다. 시발, 소름 끼쳐!

그래, 이단이다. 그룹의 논리에 반하는 것, 그게 바로 이단이다. 그쯤에서 안평은 물러나야 했다. 하지만 그러지 않았다. 안평은 나를 저격했다.

_ **진게이** 니들이야말로 코스프레 그만해. 내가 진짜 이 말까진 안 하려고 했는데, 봐순, 네가 언제부터 본진이 만두였냐? 너 쌀떡 팬이잖아.

우리는 당황했다. 안평이 해서는 안 될 말을 했으니까.

이모팬들 저격이 시작되면서부터 나는 만두가 본진인 그룹팬인 척했다. 왜냐면 그래야 설득력이 있으니까. 쌀떡 팬이 만두 팬을 저격하는 건 누가 봐도 질투고 공격이다. 하지만 만두 팬이

만두 팬을 저격하는 건 그럴 만한 타당한 이유가 있을 거라고 여겨진다. 나는 그런 점을 이용하고 있었던 것이다.

거짓말을 하면서 찔리지 않았냐고?

찔리지 않았다. 오히려 당당했다. 그룹을 위한 일이니까. 나도 만두 팬이니까. 쌀떡만큼은 아니었지만, 분명 만두에게도 애정을 가지고 있었으니까. 그러므로 내가 하는 행동은 정당하다. 그렇게 믿었다. 그런데 안평의 폭로는 나를 이상한 사람으로 만들었다. 나는 그게 아닌데. 나는 정말 아닌데. 나는…… 궁지에 몰렸다. 나의 동지들이 내 편을 들며 논점을 흐렸다.

_ **5+5덕** 루머 만들지 마. 새끼야.

_ **우쭈쭈** 너야말로 만두 본진 아닌 거 아냐? 너 지능 안티지?

그리고 내가 새로운 불씨를 피웠다. 절대 피워서는 안 되는 불씨를.

_ **봐, 순희** 다 너 같은 줄 아냐? 넌 인생이 코스프레잖아.

_ **우쭈쭈** 인생이 코스프레?

_ **이건뭐** 남자 코스프레.

_ **옆가게** 맞다, 쟤 남팬이지? 너 게이냐?

갑자기 화제는 안평의 성정체성으로 옮겨 갔다. 기름에 기름을 더하듯 우리는 그를 비웃고 모욕했다. 아차, 싶은 순간엔 이미 늦어 있었다. 다들 광기에 휩싸이기라도 한 것처럼 안평을 몰아세우고 있었다.

_ **가게줸** 꺼져, 병신아.

_ **이건뭐** 어디서 저딴 게 팬이라고. 너 같은 팬 필요 없어. 꺼져.

_ **우쭈쭈** 그거 정신병 아냐? ㅋㅋㅋ

_ **옆가게** 맞을걸. 엄마가 애새끼 잘못 키우면 그렇다던데.

_ **5+5덕** 너 같은 새끼가 진짜 병신이야.

진짜 마녀사냥이 시작된 거다.

_ **똑순** 야! 이상한 쪽으로 화제 몰고 가지 마. 그룹 싸움에 그런 얘기가 왜 나와?

_ **동네누나** 그만 안 해? 니들 개념 없어?

정신 차린 몇이 달려들어 사태를 수습했다. 글을 삭제하고, 재빠르게 분위기를 전환하고, 다른 방향으로 이야기를 몰고 나갔다. 그런 일은 일어난 적도 없었다는 듯이.

우리가 안평을 사냥한 건 불과 몇 분이었다. 하지만 나는 그 순간을 잊을 수가 없다. 폭력과 광기로 도배된 우리의 댓글이 캡처 된 화면이, 아무리 지워도 떠오르는 팝업창처럼 머릿속에 떠올랐다.

어떤 기분이었을까?

같이 웃고 떠들던 사람들에게 물어뜯기는 기분이.

분식 천국은 어떤 면에선 상당히 자유롭고 오픈되어 있는 공간이었다. 우리는 게이라는 특성에 반감이 없었다. 안평 역시 직접적으로 자신의 성향을 밝히진 않았지만 아무렇지 않게 그런

종류의 농담을 주고받곤 했다.

우리는 정말 그랬다. 안평을 그 자체로 받아들였다. 이건 진심이다. 안평이 정말 게이라 해도 그건 안평의 특성일 뿐이라고 여겼고, 앞으로도 그럴 것이다. 하지만 우리는 우리도 모르는 사이에 알고 있었던 것이다. 그 특성이 약점이 될 수 있다는 것을.

그리고 안평을 공격해야 하는 시점에 그 약점을 물어뜯었다.

그 대화를 끝으로 안평은 다시는 분식 천국에 오지 않았다. 우리는 결국 이긴 것이다. 내가 했던 그 어떤 전쟁보다도 처참하고, 비열하고, 부끄러운 방식으로.

안평과 나는 그 전쟁으로 인해 한 가지를 배웠다.

누군가의 특성을 자연스럽게 받아들이는 집단도 언젠가는 이해관계에 따라 특성을 약점으로 규정하며 돌변할 수 있다는 것을. 사랑하는 존재를 지키려는 마음이 나를 지독하고 잔인한 인간으로 만들 수도 있다는 것을. 인간은 그런 존재라는 것. 사랑은 추악함을 부르기도 한다.

미안해.

차마, 그 말이 나오지 않았다. 사람을 난도질해 놓고 손쉽게 미안하다는 말로 용서를 구할 만큼 바닥은 아니다.

고개를 숙이고 있자 안평이 물었다.

"나 때문에 관두는 거야?"

"아니."

그건 아니었다. 물론, 안평의 영향이 없다고는 할 수 없다. 그 날 이후로 나는 모든 전투 의지를 잃었으니까. 하지만 그 때문만은 아니었다.

전쟁이라는 게 그렇다. 싸울 때는 싸우는 힘으로 나아갈 수 있다. 하지만 전쟁이 끝나는 순간, 광기만큼이나 제어하기 힘든 허탈감이 덮쳐 온다.

내가 지금 여기서 뭐하는 거지, 왜 이 짓을 하고 있지, 라는 의문.

어쩌면 팬덤은 그런 의문을 지우기 위해 끊임없이 전쟁을 찾아 나서는 것인지도 모른다. 전쟁이 치열할수록 팬덤도 치열해지고, 전쟁이 커질수록 팬덤도 커진다.

하지만 거기에도 한계가 있다. 분식집같이 내리막길을 걷는 아이돌 그룹, 한물간 아이돌 그룹의 팬덤은 언제 꺼져도 이상할 게 없다.

어쩌면 그 전쟁은 마지막 발악 같은 것이었는지도 모른다.

전쟁의 열기가 수그러들기 무섭게, 기다렸다는 듯 우르르 빠져나갔으니까. 그렇게 빠져나간 사람들은 다른 아이돌 그룹으로 갈아타거나 어디론가 사라졌다.

물론 아직도 전쟁은 계속되고 있다. 남아 있는 몇 안 되는 팬들이 서로를 물어뜯으며 계속해 싸우고 있다. 여전히 만두 팬들과 그룹팬들이 싸우고 있고, 그룹팬 중에서도 튀김 팬들과 쌀떡 팬들이 싸우고 있다. 이건 또 무슨 소리냐고?

그 와중에 튀김이 예능 프로에 나와 인기를 끈 것이다. 설상가상 이모팬들이 생겨났고.

튀김 팬들은 지레 겁을 먹고 방어벽을 치기 시작했다. 대충 요약하면 이런 식이다.

_ **우쭈쭈쭈** 우리 이모님들 건드리면 죽어.

_ **5+5덕** 언제부터 이모님들? 아줌마들 집에서 밥이나 하라고 할 땐 언제고.

_ **옆가게** 그 아줌마들이랑 우리 이모님들이랑 같아? 우리 이모 팬들은 수준이 다르다고.

_ **쌀눈** 웃기고 있네. 아줌마는 어딜 가든 사회악이야.

위협감을 느낀 튀김 팬들은 방향을 돌려 작당을 하기 시작했다.

_ **우쭈쭈쭈** 요즘에 핫한 스타치고 이모 팬덤 안 업고 가는 스타가 어디 있어? 이모 팬덤은 팬덤계의 뜨거운 감자나 마찬가지라고. 진짜 저것들이 우리 이모님들 해코지할까 봐, 밤에 잠도 못 잔다니까.

_ **옆가게** 내 말이. 안 그래도 이모님들은 유리 심장이라 상처도 잘 받는데.

_ **우쭈쭈쭈** 솔직히 만두 때도 그 이모들이 잘못한 게 뭐 있음? 쌀떡 팬들이 괜히 쥐 잡듯 잡은 거 아냐. 옛날에 우리 팬싸 문 닫은 것도 다 그것들 때문인 거 알지?

_ **분식짱** 그니까. 이단이란 말도 진짜 웃기지 않냐? 팬질을 무슨 종교 집단처럼 해.

_ **우쭈쭈** 초창기엔 통했지. 빠수니들이 바보도 아니고, 언제까지 그 빤한 정치질에 놀아나.

_ **이건뭐** 야, 정치질이라고 하지도 마. 수준이 70년대 정부가 개인 탄압하던 스타일이야. 발전이 없어. 부끄럽다, 진짜.

_ **분식짱** 자기네 오빠 인기 없으니까 일단 들쑤시고 보는 거지. 그런다고 없는 인기가 생기나.

그래. 결국 모든 책임은 우리 쌀떡 팬들에게 돌아왔다. 같이 각목 들고 설칠 땐 언제고, 이제 와서 '쟤가 다 그랬어요. 우린 구경만 했을 뿐.' 하고 있다.

어제의 아군이 오늘의 적이 된다.

지긋지긋하다. 더는 싸우고 싶은 마음도 안 든다.

'나는 지쳤다.'

그렇게 느낀 순간, 이상하게 마음이 홀가분했다.

울고불고했던 시간들이 다 거짓말 같다. 내가 이렇게 쉽게 쌀떡을 떠날 수 있을 줄 몰랐다. 그는 내 첫사랑이고, 내 이상형이었으며, 나의 영원한 스타였다.

학창 시절을 돌아보면, 5년에 가까운 그 시간 동안 나에게 남는 건 그와 팬덤밖에 없다. 잠깐 사귀었던 남자 친구는 얼굴도 흐릿하다. 남자 친구를 사귀는 동안에도 나는 늘 그를 생각하느라 발을 동동 굴렀으니까. 친구들과 어울리는 것도 시간이 아깝고 귀찮을 뿐이었다.

성적 떨어지면 부모님이 그를 욕하는 게 싫어서, 시험 때면 공부도 더 열심히 했다. 그가 욕먹는 게 싫어서, 단지 그 이유 하나로 그렇게 할 수 있었다. 어디 그뿐인가. 누가 꿈이 뭐냐고 물으면 나는 주저 없이 대답할 수 있었다.

"성공한 팬이요."

나에겐 그가 전부였다.

"후회해?"

"......"

후회? 후회하는 걸까? 열렬히, 미친 듯이, 최선을 다해 좋아한 그 시간을? 잘 모르겠다. 그냥, 끝났을 뿐이다. 나의 전쟁 같은 연애가. 나도 모르는 사이에.

다만 확실한 것은 전쟁에 열중하느라 그를 더 사랑하지 못했다는 것이다. 마치 시댁과의 갈등에 골몰하느라 정작 중요한 남편은 잊어버린 여자 같다.

한발 떨어져 나와 보니 알겠다.

아, 정말 '그들만의 리그'였구나. 남들은 알지도 못하고 관심도 없는 '우리만의 전쟁'이었구나. 우물 속 전쟁이었구나. 해도 그만, 안 해도 그만, 그냥 잊히고 흘러가는 그런 것들이었구나.

"다 그런 건 아니라고 본다."

안평이 나를 똑바로 응시하며 말을 이었다.

"정말 지긋지긋하고 소모적인 일들도 많았지만, 그게 다는 아니었잖아. 대가 없이 누군가를 응원한다는 거, 난 보람 있었는데. 소속사에 살인 스케줄 조정하라고 항의했을 때도, 멤버들 몸이 상하든 말든, 무조건 많이 보고 싶다고 외치는 이기적인 팬이 아닌, 그들을 하나의 인격으로 진짜 아끼는 팬이다, 자부심 느꼈고. 같이 홍수 피해 기부했을 때도, 아, 우리가 이런 문화를 만들어 가는구나, 뿌듯했어. 분명 분식집도 든든했을 거야. 스타는 소속사가 만들지만 키우는 건 팬이라는 거, 그리고 그 힘이 점점 더 커져 가는 거, 다 겪었잖아. 한 명, 한 명, 개인이 모여서 큰 목소리 냈던 기억들, 나는 좋았어."

안평의 말을 들으며 생각했다. 어쩌면 나는 안평에게 위로받고 싶어서 만나자고 한 게 아닐까, 하고. 가장 뜨거웠던 시간의 막을 내리는 지금, 위로받고 싶었던 게 아닐까. 허무하게만 느껴지는 그 시간들이 언젠가는 꼭 추억이 될 수 있을 거라고 믿고 싶어서.

"빠순아, 가자."

"어? 어딜?"

뜬금없는 말에 어리둥절해하자, 안평이 특유의 무뚝뚝한 얼굴로 말했다.

"명동 한복판."

하여튼 이런 건 꼭 기억하지.

인상을 쓰며 일어나는데 건너편에 앉아 있는 여자애 둘이 보였다. 정확히는 책에 더지더지 붙여진 연예인 스티커가 보였다. 요즘 한창 뜨는 A그룹의 D사진과 B그룹의 DD사진이 나란히 붙어 있었다.

"야, A그룹이랑 B그룹 라이벌 아니냐?"

"그렇지."

"근데 동시에 핥을 수가 있는 거냐?"

"쯧, 팬질 5년 하면 뭐해. 도통 트렌드를 모르니."

"에?"

"라인별로 좋아하는 거잖아."

아이돌 그룹은 단순하게 보면, 노래를 담당하는 보컬과 미모를 담당하는 얼굴 마담, 예능을 담당하는 재간둥이로 구성된다. 그리고 이런 구성은 그룹마다 거의 되풀이된다. 그래서 얼굴 마담을 좋아하는 취향을 가진 팬은 다른 그룹으로 갈아타도 여전히 얼굴 마담을 좋아하고, 보컬을 좋아하는 팬은 계속 보컬만 좋아하는 경향이 있다. 그런데 갈아타지도 않았으면서 동시에 여러 그룹의 특정 담당 멤버를 좋아하는 팬을 라인팬이라고 부른다는 것이 안평의 설명이었다.

"요샌 그런 애들 많아. 얽매이지 않는 거지."

"의리 없는 것들이네."

"참 내, 쿨한 거지."

"팬질 참 편하게 한다."

"이 빠순이가 완전 할매미같이 구네. 야, 우리도 그 소리 들으면서 팬질 했거든."

돌아보니 그렇다. 아이돌 1세대 팬들이 늘 했던 말이다. '요즘 것들은 참 팬질 편하게 한다. 컴퓨터 앞에 앉아서 티켓팅 하면서 힘들다는 말이나 찍찍 하고. 우리 때는 은행 앞에서 밤새고 그랬어, 이것들아.'

그런 소리 들으면, 팬질 오래 한 게 무슨 경력이라도 되는 양 고리타분하게 군다고 속으로 욕했는데, 이런.

"우리 문화도 언젠가는 사라지는 거구나."

왠지 쓸쓸해 중얼거리자, 안평이 무뚝뚝하게 받아친다.

"진화하는 거지. 팬덤도 진화한다. 모르냐?"

모른다, 몰라! 괜히 심술 나서 그 탁자를 지나치며, 들으라는 듯 트집을 잡았다.

"야, 저것들 중딩 아냐? 하, 세상 말세네. 어린것들이 벌써부터 커피숍에 처앉아 있고."

안평이 식겁해서는 얼른 내 팔을 잡아끈다.

"야! 저분들은 젊고 피가 뜨거워서 건드리면 안 되는 거 모르냐?"

"아, 왜! 내가 못 할 말 했어? 중딩이 커피전문점이 말이나 되냐? 내가 중학생 때만 해도 만남의 장소는 학교 앞 분식집밖에 없는 줄 알았다고."

"이 미친 빠순이가. 야! 너 중딩 때부터 팬질 했잖아. 학교 앞 분식집? 웃기고 있네. 방송국에서 노래 부르는 분식집이겠지."

"아, 하여튼 맘에 안 들어, 요즘 것들."

"네가 이러니까 이모팬들한테 보수적이란 말 듣는 거야."

참 아이러니하게도 팬덤 안에서 우리는 보수 세력이다. 특히 신생 팬덤인 이모팬덤에게 우리는 옛 팬덤 방식을 강요하는 너무 고리타분한 존재인 것이다. 현실에선 반대인데 말이다. 그래, 팬덤도 진화가 필요하지. 너무 오랫동안 고여 있었어. 고인 물은 썩는데…….

"준비됐냐?"

안평의 목소리에 고개를 드니 명동 한복판이다. 수많은 사람들이 나를 스쳐 지나간다. 이렇게 끊임없이 흘러가는 거구나. 앞으로, 뒤로, 여러 방향으로 물결을 이루며 흘러가는 거구나. 나도 이젠 흘러가려고 해. 억지로 붙잡아 두고 있지 않으려고 해.

손을 올려 입가에 댔다. 손가락이 바르르 떨려 온다. 누군가는 이미 끝난 건데 왜 이렇게까지 하냐고 물을지도 모른다. 하지만 나는 나만의 의식을 해야만 제대로 마무리할 수 있을 것 같았다. 미안해요. 잠깐만, 아주 잠깐만 시끄럽게 할게요.

"사……."

갈라진 목소리가 흘러나왔다. 내 목소리가 참 낯설다.

"사, 사랑해, 사랑해."

길을 오가던 사람들이 나를 돌아본다. 하지만 이내 자기 갈 길을 간다.

"사랑해! 사랑해! 사랑해!"

사랑했어.

"잘 살아라! 왕성기히!"

얼굴이 흠뻑 젖어 있다. 안 울려고 했는데.

사람들이 울고 있는 나를 흘끗거리며 지나쳐 간다. 나는 여전히 그곳에 있는데 끊임없이 사람들이 흘러간다. 아무 일도 없었다는 듯, 사람들 속에 나 역시 금세 묻혀 버리고 만다.

숨을 고르고 둘러보는데,

이 새끼 어디 갔지?

안평이 저쪽 끝에서 배를 쥐고 웃고 있다.

저거, 창피해서 도망가 있는 거지? 남은 진지하게 이별 의식 치르는데 도망이나 가고. 지금도 나는 슬픔에 잠겨 있는데, 웃어? 내가 저 새끼를 진짜. 슬픔이고 뭐고, 요절을 내 버릴까 보다.

"다 웃었냐?"

싸늘하게 묻는데도, 분위기 파악 못 하고 웃어 댄다.

"야, 이 빼순아. 암만 마지막이라 해도 그렇지, 본명을 불러 재끼냐? 네가 그러고도 팬이냐? 아, 개웃겨, 아하하하학."

그래, 웃어라. 하지만 난 오빠의 이름이 부끄럽지 않다고! 솔직히 마지막에 이름 부를 때 목소리 갈라져서 좀 웃기긴 했다.

"야! 나는 네가 더 부끄럽거든. 길거리에서 자지러지게 웃기나 하고. 넌 부끄러움을 깨우치지 못했냐?"

배를 그러쥐고 있는 안평을 버려두고, 팩 돌아서 성큼성큼 가 버렸다.

"아하하하학! 빠순아, 같이 가!"

내가 진짜 부끄러워서.

"이 빠돌이가 누구 보고 빠순이래! 나 이제 빠순이 아니거든."

안평이 쫓아와 어깨를 잡는다. 그 손길이 부드러워 또 울컥한다. 하지만 멈추지는 않는다. 천천히, 빠르게, 때론 물결에 이끌리며 계속해 걸어간다.

나는 그렇게 길거리에서 이별을 고했다.

만날 수 없는 사람과의 이별이라, 사람 제일 많이 다니는 길에 대고 했다.

잘 살아라, 왕성기.

인기 떨어졌다고 슬퍼하지 말고. 그깟 인기, 거품 같은 거잖아. 넌 예전에도 왕성기였고, 이후에도 왕성기야. 그냥, 하나의 연애가 끝난 것일 뿐이야. 그러니 부디, 제발, 잘 살아라.

왜
사랑할수록
내가
초라해지는 걸까?

순정의 이야기
순정 만화 속 주인공

사랑해서 헤어진다는 말, 믿지 않았다.

그런 거 사실은 다 변명이라고, 그것도 아니면 일종의 자기도취라고 생각했다. 하지만 이젠 알 것 같다. 말 그대로 '너무' 사랑하면 헤어질 수밖에 없다는 걸.

오늘도 친구들의 제보는 끊이지 않는다.

"박순정, 네 남자 친구 어제 부평에서 봤다. 여자애랑 지나가더라."

"그 여자애 어디서 많이 봤는데. 혹시 가인여고 얼짱 아냐?"

"어떡해! 확인해 봐? 응?"

단 한마디도 하지 않았다. 그래도 자기들끼리 잘 떠든다. 바람기는 평생 못 고치니 어쩌니. 아마 내가 자신들의 질문에 아무런 대꾸를 하지 않았다는 것도 모를 것이다. 이 아이들에게 나라는 존재는 별로 중요하지 않을 테니까. 하긴, 내가 누군가에게 중요한 사람이 된 적이 있었던가? 그래, 니들 말처럼 조신이 이상한 거야. 나 같은 애를 좋아하다니.

이 아이들은 도대체 왜 이렇게 내 연애에 관심이 많은 걸까? 사실 이 아이들뿐만이 아니다. 모두가 얘기한다. 그들이 보기엔 사건 사고에 가까운 우리의 연애에 대해.

책상에 가만히 앉아서 조신의 24시간을 보고받는 기분이 들 정도다. 한번은 물어본 적이 있다. 나에게 왜 그런 것들을 알려 주냐고. 친구니까. 아, 친구라서 그러는구나. 물론 그 애들 중에는 친구도 있다. 하지만 대부분은 한 학기 내내 한마디도 나누지 않은 아이들. 뭐, 진짜 친구들이 해 주는 말도 달갑지는 않지만.

자기들끼리 떠들던 아이들이 험담을 해 대다 이젠 충고까지 한다. 초장에 잡아야 한다느니, 단호하게 정리하라느니. 나에게 답을 강요하며 눈을 맞추는 아이에게 답을 해 주었다. 그래, 네가 원하는 말을 해 줄게.

"헤어졌어."

조용하다. 진작 이렇게 할걸. 너무 시끄러웠다.

사실 우리는 헤어지지 않았다. 아직은. 나는 오늘 헤어질 예정이니까. 단지 조금 빨리 얘기한 것일 뿐이다.

왜냐고 묻는 모두에게 대답해 주었다. 나는 친절하니까.

"힘들어서."

힘들었다. 나는 정말 너무 힘들었다.

"하여튼 남자들……."

다시 조신을 헐뜯으려고 발동을 거는 입들을 향해 한마디를 더 던져 주었다. 듣고 싶지 않으니까. 그런 말을 듣고 앉아 있는 게 너무 힘드니까. 저 애들이 떠드는 이유로 헤어지는 게 아니니까.

"고3이잖아. 엄마가 만나지 말래."

고3이란 위치는 얼마나 편리한지. 모든 일을 말끔히 설명해 준다. 그게 비록 진실이 아니라 할지라도.

처음으로 조신에게 전화를 걸었다.

"만나자."

한 번도 먼저 전화한 적 없었다. 한 번도 먼저 만나자고 말한 적 없었다.

그럴 수가 없었다. 날 귀찮게 여기게 될까 봐 두려워서. 아마 조신은 모를 거다. 아니, 몰라야 한다. 조신을 만나 이야기를 나 누고 얼굴을 보는 데 얼마나 큰 용기가 필요한지.

"아, 정말? 내가 학원 앞으로 갈까?"

조신의 목소리를 듣는 내내 심장이 고장 난 것처럼 떨린다. 오 늘만이 아니다. 나는 늘 이랬다. 몇 달이 지나도 익숙해지지 않 는다. 꼭 혼자 짝사랑하는 사람처럼.

어쩌면 정말 기나긴 짝사랑을 한 건지도 모른다.

우리가 했던 건 뭐였을까? 그 이상한 연애는. 내가 조신의 여자 친구인 게 사실이긴 했던 걸까?

"쟤랑 진짜 사귀는 거 맞아?"

"말도 안 돼."

"근데, 걔 여자 친구 한둘이 아니라며."

"뭐야? 그럼 그냥 여자, 친구인 거야?"

"모르지. 문제는 그 여자들은 하나같이 여친이라고 믿고 있다는 게 문제지."

아이들이 수군거리던 말. 어쩌면 그 말이 진실인지도 모른다.

조신이 만나는 수많은 여자애들 중 하나일 뿐인데, 나 혼자 착각하고 있었던 건 아닐까? 나조차도 확신하지 못하는데, 남들이야 오죽했을까?

도대체 조신은 나를 왜 만난 걸까?

그 많은 여자애들 중 나 같은 애도 필요했던 걸까? 그냥 그것뿐이었을까? 그것만으로도 조신은 그렇게 다정할 수 있었던 걸까? 나는 정말 조신한이라는 사람을 모르겠다.

"그게 좋겠다. 내가 학원 앞으로 갈게."

"아니."

오늘은 학원에 안 갈 거야. 그 정도 일탈은 하고 싶다. 오늘은 우리가 헤어지는 날이니까. 아닌가? 우리가 아니라 내가 끝내는 날인 건가? 이 기나긴 짝사랑을.

시간이 남았지만 약속 장소에 미리 가지 않았다. 기다리는 동안 울게 될까 봐.

절대 울지 않을 거다.

나는…… 쿨하게 끝낼 거다.

"하아."

싫다, 나라는 존재가.

무심코 걷다 익숙한 풍경에 고개를 들어 보니, 기껏 온 곳이 학원 앞이다.

나는 정말 조신과는 어울리지 않는다.

그래, 모두가 하는 말이 맞다. 우리가 만나는 건 말도 안 되는 일이다. 이런 연애는 로맨스가 아니라 코미디다.

하지만 원망은 없다. 원망이라니 당치도 않다. 나 같은 여자가 조신 같은 남자를 만나 연애하게 될 확률이 얼마나 될까? 아니, 조신 같은 사람이 나 같은 인간을 좋아하게 될 확률은 도대체 얼마나 될까? 이 지구상에 과연 얼마나 있을까? 나는 진심으로 고마워하고 있다. 잠시나마 나를 순정 만화 속에 살게 해 주어서.

나에게 조신은 순정 만화의 주인공과 동일한 존재였다.

그는 그림으로 그린 것만큼 멋있고, 종이 위의 존재만큼 멀었다.

나는 그를 열렬히 동경하고 그와의 사랑을 꿈꾸었지만, 그게 실제로 이루어질 거라고 믿을 만큼 현실 감각이 없진 않았다.

나는 그저 그가 나타나면 멀리서 꺅꺅대고 웅성거리는 무리 중 하나일 뿐이었다.

그런데 순정 만화의 한 장면 같은 일이 나에게 일어났다. 그가 나를 향해 손을 내민 것이다.

"폰 좀 빌려 줄 수 있어요? 문자 하나만 보낼게요."

나는 그대로 얼음이 되어서, 아무 말도 아무런 행동도 하지 못했다.

하지만 그는 장난스럽게 웃으며 내 손에서 폰을 가져가더니, 문자 한 통을 보내고는 돌려주었다.

그가 자리를 떠난 뒤, 내 폰도 순식간에 내 손을 떠났다. 주위 여자애들이 스토커 못지않은 기세로, 조신이 보낸 문자를 보려고 폰을 만져 댔다.

"귀엽다? 딸랑 이거뿐이야?"

"누구한테 보낸 거지?"

"여친이겠지."

"하긴."

_ **귀엽다.**

조신이 보낸 문자에는 이 세 글자뿐이었다. 나 역시 스토커처럼 그 세 글자 너머에 숨겨진 의미와 인물을 찾으려 상상에 상상을 더했다. 그런데 힌트는 나중에 찾아왔다. 전혀 예상 못 한 방식으로.

집에 도착해서 내 방에 들어서는 순간 문자가 왔기 때문이다. 그가 '귀엽다'란 문자를 보냈던 번호로부터.

_ 저 조신한이에요. 학원 앞에서 폰 빌려 갔던. 아까 고마웠어요.

순간, 정신이 멍했다. 조신의 번호와 그가 내 폰으로 문자를 보낸 번호가 같은지 수십 번을 확인했다. 도대체 왜 내 폰을 빌려서 자기 휴대폰에 문자를 보낸 거지? 설마……

그놈의 '설마' 때문에 나는 심장이 터질 것 같았다. '설마'가 주는 기대감은 괴로울 정도였다.

설마…… 아! 평소에는 둔한 머리가 엄청난 추리를 해냈다. 방금 온 문자의 번호는 조신의 번호가 아닐 것이라는 가정.

그래, 조신은 여자 친구에게 문자를 보냈고, 여자 친구를 만나, 여자 친구의 폰으로 내게 문자를 보낸 거다. 그래, 그런 거다.

하지만 왜 조신은 굳이 나에게 문자를 보낸 거지?

또다시 심장 부근이 아파 오기 시작했다. 허황된 기대감이 고통스럽다.

아, 조신은 굉장히 예의가 바른 거야. 아니면 여친이 시킨 건지도 모르지. 장난으로.

참 이상한 일이다. 기대가 무너지면 오히려 마음이 편하다.

하지만 조신이 내 폰을 빌려 문자를 보내는 순간 들려왔던 작은 기계음. 꼭 문자 수신음 같은……

고개를 흔들어 털어 버렸다.

어쨌든 중요한 건 조신한은 지금 여자 친구와 있다는 거다?

그렇게 결론을 내렸지만, 한번 설레기 시작한 마음은 다음 날이 되어도 가라앉지 않았다.

학교에 와서도, 학원에 와서도, 다시 집에 와서도, 찾을 수 없는 힌트를 찾으려 조신의 문자를 보고 또 봤다. 하루 온종일 공부는커녕 일상생활도 안 될 지경이었다.

안 되겠다. 지워야지. 삭제 버튼을 누르려는 순간! 띠딕!

"악!"

때맞춰 울리는 수신음에 공포에 가까운 비명을 내질렀다.

"아아악!"

그리고 액정에 뜬 번호에 정말이지 공포에 질려 버렸다.

__ 오늘 날씨 정말 추웠죠? 감기 조심!__

너 진짜 나한테 왜 이래?

답장을 해야 되는 걸까? 말아야 되는 걸까?

도저히 결론이 나지 않아, 가장 친한 친구인 새나에게 전화를 걸었다. 내 이야기를 차분히 들은 새나는 참으로 뜬금없는 말을 했다.

"못됐다."

"뭐?"

"너 절대 답장하지 마. 걔 지금 장난치는 거야. 아마 자기들끼리 네가 어떻게 나오나 키득거리고 있을걸. 이상한 내기 했는지도 모르지. 남자애들 다 그래."

그 뒤로도 한참 동안 새나는 남자애들은 저질이라느니, 자기가 그래서 연애를 안 한다느니 열변을 토했다. 그리고 한 번 더 다짐을 받았다.

"절대 답장하면 안 돼! 알았지! 네가 순진해 보여서 그러는 거야."

정말 그런 걸까? 남자애들은 다 그런 걸까?

"알았어. 고마워."

기대감이 산산이 부서져 버리자 마음은 편했지만, 기분은 가라앉았다.

그사이 문자 하나가 더 왔지만, 내 기분은 더욱 가라앉기만 했다.

_ 자는 거예요?

문자 뒤에 키득거리고 있을 얼굴들이 떠올라서.

아, 그런 거였구나. 난 진짜 바보구나.

계속 들여다보면 나도 모르게 답장을 해 버릴 것 같아 삭제 버튼을 누르려 했지만, 나는 결국 조신의 문자를 고이 모셔 놓고 말았다.

며칠간, 학원에 가도 조신이 있는 교실 쪽으로는 고개도 돌리지 않는 등 조신을 피하려고 노력했다. 조신의 교실이 있는 아래층 휴게실을 이용하면 조신과 마주칠 수도 있을 것 같아, 두 층이나 올라가야 하는 휴게실을 이용하면서 말이다.

그날도 휴게실에 가려고 계단을 오르고 있었다. 갑자기 뒤에서 계단 뛰어오르는 소리가 들리더니, 슬림한 남자애가 옆에 와 섰다. 순간, 머릿속이 하얗게 지워졌다.

"기분 나빴어요?"

조신은 뜬금없는 말을 했다.

기분? 그게 뭔데?

조신은 굉장히 심각한 얼굴로 나를 뚫어지게 봤다. 얼굴이 확 달아올랐다. 심장이 아플 정도로 뛰었다.

어디 숨고 싶다.

그 생각뿐이었다. 나도 모르게 몸을 돌리고 계단을 내려가려는데, 조신이 팔을 붙잡았다.

"잠깐만! 잠깐만요. 네?"

"어? 왜……."

나는 방금 목 수술을 마친 환자처럼 말을 잊지 못했다.

"나는 그냥…… 친해지고 싶어서 그런 건데. 기분 나빴으면 진짜 미안해요."

나는 세차게 고개를 흔들었다.

아니야, 아니야, 기분 나쁘지 않았어. 그런 게 아니야.

구체관절인형처럼 목이 어색하게 움직였다. 나는 목 관절에 기름칠을 해야겠다는 이상한 생각을 했다. 정신을 차릴 수가 없었다. 조신이 활짝 웃었기 때문이다.

눈을 마주칠 수가 없어서 고개를 푹 숙이고 있자, 조신은 계단에 쪼그리고 앉더니 나를 빤히 올려다보며 말했다.

"근데 왜 답장 안 해요?"

삐친 것처럼 뾰로통한 표정을 지으면서.

"답장 또 안 할 거예요?"

조신이 어린애처럼 내 팔을 흔들었다. 나는 작게 고개를 가로저었다.

"아, 다행이다."

조신은 벌떡 일어나더니, 계단을 뛰어 내려갔다. 그러다 헛발을 디디곤 넘어질 뻔했다. 조신은 쑥스러운 듯 소리 내 웃고는 도망치듯 사라졌다.

풋풋한 웃음소리가 계단참에 오랫동안 떠돌았다. 나는 홀린 듯 조신이 사라진 계단을 멍하니 보고 있었다.

새나야, 미안해. 네 충고를 듣지 않아서. 웃음거리가 된다고 해도 나는 답장을 할 수 밖에 없을 것 같아.

사랑에 빠졌으니까.

발길을 돌려, 다시 약속 장소로 향한다.

북적이는 번화가에는 평일인데도 우리 또래 아이들로 가득하다.

내가 알지 못했던 세상.

내 인생의 영역은 학교와 학원, 그리고 독서실이 다였다. 번화가는 어쩌다 주말에나 오는 곳인 줄 알았다. 그것도 옷을 사거나 영화를 보거나 하는 목적이 있을 때만.

번화가 구석에 청소년들이 쉬는 쉼터가 있는 줄도 몰랐고, 그 바로 옆 골목에 모텔촌이 펼쳐져 있는 것도 몰랐으며, 늘어선 상가 한가운데 거짓말처럼 바이킹 같은 커다란 놀이기구가 있는 것도 조신이 말해 주기 전에는 몰랐다. 그 주변을 몇 번이나 지나다녔는데도 말이다.

그뿐인가. 내 또래 아이들이 식당에서 아르바이트하는 것도 처음 봤다. 조신처럼 커피숍에서 일하는 건 상상도 못 해 봤는데.

나는 조신을 만나면서 내가 몰랐던 세상에 대해 알아 갔다. 하지만 그뿐이었다. 나는 그곳에 물들지 못했다. 어울리지 못했다. 나는 언제까지나 평범하고 얌전한, 조금 어수룩한 순정일 뿐이었다. 조신은 그런 점이 좋다고 했지만, 내가 느낀 거리감은 짐작도 못 할 것이다.

대신 나는 좀 더 많은 것을 이해하게 되었다. 사람들 사이의 차이라는 것. 드라마에서 부자인 남자에게 우린 너무 다르다고 말하는 가난한 여자를 이해하지 못했다. 왜 고작 저런 차이 때문에 답답하게 굴까, 생각했다. 그런데 이젠 알겠다. 그 차이라는 거, '고작'이 아니구나.

조신은 재벌도 아니고, 신분이 다른 사람도 아니다. 그런데도 나는 견디기가 힘들다. 사람들의 시선에서, 우리의 좁혀지지 않는 차이에서, 나는 늘 길을 잃어버린다.

아, 또 있구나. 달라진 거.

누군가에게 싫은 소리 해 본 적 없고, 화내 본 적도 없다. 그런 내가 짜증을 내고 굳은 얼굴을 한다. 너 때문에.

"헤어졌다며. 진짜야?"

소문은 빨리 퍼진다. 한 시간도 안 돼서 새나가 찾아왔다. 어떻게 그런 애길 자기한테 안 했냐며 난리다.

"언제 헤어진 거야?"

나는 입을 꾹 다물고 불쾌한 기분을 숨기지 않았다. 하지만 새나는 굳어진 내 얼굴이나 기분 따위 보이지 않는다는 듯이 말을 잇는다.

"내가 이렇게 될 줄 알았다."

왜 모두들 내 기분은 아랑곳 않는 걸까? 못생겼다고, 존재감이 없다고 기분도 없는 건 아닌데.

"그러게 내가 처음부터 걔는 아니라고 했잖아."

네가 언제? 너, 조신한만 보면 좋아서 꺅꺅대던 애야. 생각 안

나? 나랑 같이 맨날 훔쳐보면서 좋아했잖아. 내가 조신의 문자를 받기 전까지, 너 그랬어.

새나뿐만이 아니다. 모두들 눈을 반짝이며 조신에 대해 이야기했었다. 심지어 조신의 바람기도 그의 대단함을 설명해 주는 요소 중 하나일 뿐이었다. 그러던 모두가 어느 날부터 조신을 비난하고 욕하기 시작했다. 나와 사귀기 시작한 그때부터.

너희들은 무슨 말이 하고 싶었던 거야? 조신의 단점들을 부각시켜서라도 납득하고 싶었던 거야? 아, 쟤는 저런 하자가 있어서 순정 같은 애랑 사귀는구나.

결국 모든 문제는 나구나. 내가 원흉이구나. 알았어. 이제 꺼져 줄게.

"잘했어. 그런 애들은 못 고쳐. 그거 병이야."

꺼져 주겠다잖아.

"그런 것들은 잡아다…….''

"네가 봤어?"

"어?"

"네가 직접 봤냐고."

"보진 않았지만 알 만하잖아."

"뭘 아는데?"

"왜…… 화를 내고 그래?"

당황한 새나를 보자 퍼뜩 정신이 들었다. 그러게, 왜 화를 내고 그러지. 나는 화낼 줄 모르는 사람인데. 다른 사람 마음 상할까 봐 안 좋은 소리도 못 하는 사람인데. 나도 화낼 줄 아는 사람이었구나. 다른 사람 마음 상하게 할 줄도 아는 사람이었구나.

그래서 나는 조신이 밉지 않다. 조신을 만나서 내가 모르는 세상을 봤고, 더 많은 걸 이해하게 됐고, 화낼 줄도 알게 되었으니까. 그리고 무엇보다 가슴 벅찬 사랑을 했으니까. 좋아하는 마음 하나로 천국과 지옥을 오갔고, 심장이 정말 물리적으로 아플 수 있다는 것도 알았다. 마음이란 게 스스로 감당이 안 될 지경까지 뜨거워질 수 있다는 것도 알게 됐다. 그리고 아직도 이렇게 뜨겁다. 그래서 나는 조신이 밉지 않다.

자동 반사처럼 심장이 뛴다. 이곳을 지날 때면 늘 그런다. 조신이 아르바이트하는 커피숍이 있는 건물. 내가 이곳을 지날 때마다 얼굴을 붉히는 걸 조신은 모르겠지.

헤어지고 난 뒤에도 내가 이곳을 서성이게 될 거라는 것도.

아마 나는 조신이 일하지 않는 날에, 조신이 없는 날에, 그래서 우리가 절대 마주치지 않을 날에 이곳을 서성일 것이다. 그리고 그때도 심장이 뛸 것이다. 지금처럼.

"안녕하세요."

누가 반갑게 인사를 한다. 반갑게 인사? 이런 길거리에서 나에게 인사할 사람이 있었던가? 게다가 존댓말이다.

"선배님."

선배님이라니. 학교에서도 한번 못 들어 본 소리다. 짧은 시간 동안 오만 가지 생각을 하며 고개를 돌리니, 서두나인지 서두네인지가 웃고 있다.

"어? 어……."

얘가 갑자기 왜 이러지? 학교에서 마주쳐도 무시하고 지나가던 애가. 뻔히 서로 얼굴 아는 사이면서도 철저하게 무시했었다. 하긴, 누가 나 같은 애를 선배 취급하겠는가. 후배들도 만만한 선배한테는 인사는커녕 대꾸도 안 한다.

"언제 한번 안평, 조신이랑 다 같이 만나요."

그럼 그렇지. 웬일로 사람대접을 해 주나 했더니, 다 이유가 있었다.

서두는 안평과 사귀고 있다. 서두와 안평의 조합은 상상도 못 했는데, 의외로 제법 잘 어울리는 것 같다. 하지만 어울리든지 말든지, 나는 니들과 어울리고 싶지 않다.

나는 착하게 웃고 있지만, 사실은 네가 싫거든. 너 같은 애들 딱 질색이야.

"지금 조신 만나러 가는 거죠?"

"어."

딱딱하게 대꾸하곤 지나쳐 걸었다. 정말이지 나답지 않게 쌩하니 지나쳤다.

아, 통쾌해.

이런 기분이구나, 내 기분대로 하는 거. 그래서 다들 다른 사람 기분 상관없이 제멋대로 구는 거였구나. 남이야 가슴이 찢어지든 말든, 곤두박질쳐 머리가 터지든 말든.

약속 장소에 이르니, 창가에 앉아 있는 조신이 보인다.

기다란 다리를 우아하게 뻗고 커다란 손으로 조그만 얼굴을 괸 채 창밖을 보고 있다. 그야말로 그림처럼 앉아 있다.

걸음이 느려진다. 조신이 보이는 순간, 내가 틀렸다는 걸 알았다.

오늘 만나지 말았어야 했다. 그냥 전화로 끝냈어야 했다.

나는 길 건너에 네가 보이면 뒤돌아서 달아나고 싶어져.

아직도 너를 만나면 떨려.

두서없는 고백들이 튀어나올 것만 같다. 이대로 돌아가 버릴까? 미안하다고, 못 나간다고, 헤어지자고, 전화로 얘기할까?

조신이 웃는다. 나를 발견하고 손을 흔든다. 남의 시선도 아랑곳 않고 벌떡 일어나, 얼른 들어오라고 팔을 휘젓는다.

머뭇거리다가 문을 열고 들어갔다. 할 수 있어. 마지막까지 바보처럼 굴지는 않을 거야.

내가 자리에 앉자 조신이 대뜸 말했다.

"너 10분 늦었어. 우리 합의 봐야 해, 아하하하."

조신이 농담을 하며 어린애같이 웃었다. 안평이 늘 무뚝뚝한 얼굴로 하는, 전혀 농담 같지 않은 농담을.

안평. 내가 안평을 어떻게 생각하는지 안다면, 조신은 나를 어떻게 볼까?

내색하지는 않았지만, 나는 안평도 싫어했다.

센 척 거들먹거리며 사람 무시하는 게 못마땅해서 서두가 싫었다면, 안평은……

안평은 나를 싫어했다. 조신은 안평의 성격이라고 했지만, 나는 그렇게 느끼지 않았다. 안평이 나에게 적의를 가지고 있다고 믿었다. 왜냐하면 안평은 조신을 좋아하니까.

나는 그렇게 믿었다. 안평은 조신을 좋아한다고. 그래서 나를 그렇게 싸늘한 눈으로 보는 거라고.

안평이 서두와 사귄다는 얘기를 듣는 순간, 나는 다행이라고 느끼지 않았다. 아, 질투가 아니었구나. 안평은 그저 나라는 인간 자체가 탐탁지 않았던 거구나. 그리고 조신의 남자 친구까지 질투하는 나라는 인간에게 질렸을 뿐이다. 아마, 나는 조신에게 여자 형제가 있었다면 그들도 질투했을 것이다. 나는 그런 인간이니까.

"뭐 마실래? 망고 주스? 체리에이드?"

조신이 다정하게 물어본 뒤, 음료를 가져온다. 이 모습도 이젠 마지막이겠지.

조신이 만화의 한 장면처럼 생생하게 프린트되어 오랫동안 남기를 원하면서도, 내가 너무 오래 힘들지 않기를 기도한다. 그러데 그게 과연 가능한 일일까? 나는 늘 모순투성이다.

그거 알아? 나는 너를 한 번도 의심하지 않았지만, 믿은 적도 없다는 거.

친구들의 제보가 없었어도 나는 조신을 믿지 않았을 것이다. 그럼에도 한 번도 확인하지 않았다. 너 여자애랑 있었다며? 걔 누구야? 한 번도 묻지 않았다. 의심하지 않았으니까. 아니, 애초에 조신의 마음이라는 걸 믿지 않았기에 의심이란 말을 갖다 붙일 틈이 없었을 뿐이다.

내가 가장 두려워한 건, 조신의 숨겨진 진실 따위가 아니었다.

바로 나였다.

조신이 나라는 인간을 알게 되는 게 가장 두려웠다. 내가 어떤 인간인지 들킬까 봐 늘 전전긍긍했다. 그러다 이젠 나라는 인간 자체를 숨겨 버리고 싶어졌다.

처음에는 그랬다. 추한 모습, 나쁜 모습 감추고 싶다고. 부끄럽다고. 하지만 나라는 인간은 그런 모습이 너무 많았다. 나는 조신에게 나를 보여 주고 싶지 않다. 나는 내가 부끄러우니까. 심지어 지금 이 순간도.

"……헤어지자."

대뜸 말했다. 나는 여기 앉아 있는 게 너무 힘드니까. 조신이 내 얼굴을 보고 있는 게 너무 힘드니까. 조신이 모공이 들여다보일 정도로 가까운 거리에 앉아, 추한 내 얼굴을 보고 있는 게 너무 싫으니까.

"뭐?"

"헤어지자."

조신은 멍한 얼굴로 나를 한참 바라보았다. 나는 고개를 푹 숙였다. 내 얼굴 보지 마. 혼란스러워하지도 마. 제발 너답게 그냥 쿨하게 알았다고 해. 제발 빨리 끝내 줘.

"아까 합의 보자 그래서 이러는 거야? 농담이었어."

조신이 의미 없는 말을 진지하게 내뱉는다.

한참 말이 없어 슬쩍 고개를 들었다.

놀랍게도 조신이 조용히 눈물을 흘리고 있었다.

너 알고 있어? 너 지금 울고 있어.

울고 있다는 걸 알려 줘야 할 것 같은 생각이 들 만큼, 멍한 얼굴로 눈물만 주룩주룩 흘리고 있었다.

도대체 왜 우는지 알 수가 없다. 조신은 꼭 내가 아니어도 괜찮다. 그런데 왜 우는 걸까? 왜 저렇게 넋을 놓고 우는 걸까? 진짜 마음이 아프기라도 한 것처럼. 아니, 그건 중요한 게 아니다. 조신이 진심이었다 해도…… 나는 자신 없다. 그러니까,

"헤어지자."

내 말에 조신은 힘겹게 숨을 몰아쉬었다.

왜 이러는 걸까.

조신이 제발 이러지 않았으면 좋겠다. 당황스러운 전개가 불편하기만 하다. 조신은 천천히 숨을 내쉬더니, 겨우 입을 열었다.

"······안 돼."

미안하지만 이건 내 문제야. 우리가 끝내는 게 아니라, 내가 끝내는 거야.

"나 고3이야. 공부해야 돼."

"내가 도와줄게."

그 말에 피식 웃음이 나왔다. 얼마나 비루한 핑계인가. 고3이라니.

나는 고3을 앞둔 겨울 방학 때 조신과 사귀기 시작했다. 사귀면서 가장 큰 고민은 역시나 성적이었다. 조신과 사귄 이후 첫 시험에서 얼마나 기가 막히고 허탈했는지, 조신은 모를 것이다.

성적이 떨어지지 않았다.

조신을 생각하느라 집중하지 못했고, 그와 데이트하느라 책상에 앉아 있는 시간이 줄었다. 그런데 성적이 떨어지지 않았다. 그럼 좋은 거 아니냐고? 나를 덮쳐 온 건 허무함이었다.

그동안 내가 했던 공부는 뭐였을까? 책상에 앉아 있던 그 기나긴 시간은 도대체 뭐였을까? 나는 도대체 뭘 하고 있었던 걸까?

나는 중간 정도의 성적을 유지하고 있긴 했지만, 공부하는 시간에 비해 성적이 잘 나오지 않는 부류였다. 그저 다들 똑같이 열심히 하기 때문에 성적이 오르지 않는 거라고 자신을 위로

했다. 그러면서도 마음속 깊이 나는 머리가 나쁘다는 열등감에 시달리고 있기도 했다.

도서관에서 조신과 같이 공부할 때였다.

공부하는 틈틈이 음료를 가져다주거나 말을 걸거나 하며 오가던 조신이 돌연 굳은 얼굴로 물었다.

"한참 전에 87쪽 보고 있지 않았어?"

"응. 그런데?"

내 문제집은 91쪽에 펼쳐져 있었다. 뭐가 문제인지 알 수 없었다. 내 문제집을 빤히 들여다보던 조신이 조심스럽게 말했다.

"이거 암기 과목이잖아."

"응. 잘 안 외워져서."

내가 멍청한 얼굴로 대꾸하자, 조신은 다정하게 웃더니 말했다.

"이건 내 생각인데, 공부하는 방식을 좀 바꿔 보면 더 좋을 것 같아."

"뭐?"

"무조건 다 외우려고 하지 말고, 전체적인 걸 먼저 봐. 이 단원의 주제가 뭔지, 어떤 게 중심인지, 무슨 얘기를 하려고 하는지, 각 부분들이 어떤 구조로 엮여 있는지, 어떻게 이어져 나갈지. 달려들기 전에 생각부터 하는 거지."

얼굴이 확 붉어졌다. 아마 친구가 그런 얘길 해 줬다면 절이라도 할 만큼 고마웠을 것이다. 하지만 조신이 그 말을 하는 순간, 나는 더 초라해질 수밖에 없었다. 공부를 한답시고 책상에 앉아만 있는 내 모습을, 부분만 들여다보는 아둔한 나라는 인간을, 그가 안다는 게 싫었다.

연애하면서, 성적이 오르다니.

정말 치욕이다.

"엄마가 만나지 말래."

결정타를 날린다. 조신이 제대로 얻어맞은 얼굴로 나를 본다. 엄마는 정말 강력한 존재구나. 모두의 입을 다물게 만들어 준다.

엄마. 우리 엄마.

솔직히 말할까? 우리 엄마는 너라는 존재 알지도 못해.

조신은 우리 엄마를 어떻게 상상할까? 아주 전형적인 아줌마를 떠올리겠지. 추상적인 이미지로 말이다. 우리 아빠는 어떨까? 회사에 다니는 아주 전형적인 아저씨인 줄 알겠지.

아니냐고? 맞다. 조신이 멋대로 하는 그 상상이 맞다. 다만, 하루가 멀다 하고 치고받고 싸우는 사소한 특징이 있을 뿐.

집에 무슨 큰 문제가 있냐고? 우리 집은 아주 평범하다. 싸우는 이유도 아주 사소하다. 겨우 10만 원, 20만 원에 핏대를 드러내고, 100만 원 단위까지 가면 죽일 듯이 달려든다. 서로의 무능함을 비난하고, 너 같은 인간이랑 사는 내 처지를 비관한다. 네가 키워서 새끼들이 저것밖에 안 된다고 한탄하고, 너 같은 인간 닮아서 그렇다고 책임을 미룬다. 어느 집에나 있는 그런 흔한 싸움이다.

그런데 그 사소한 것들 때문에 나와 내 동생은 늘 기가 눌리고 숨이 막힌다.

내 동생은 어떤 애냐고? 아마 조신은 좀 어린 나를 상상할 거다. 뭐, 어쩌면 그것도 맞을지 모르겠다. 둘 다 한심한 건 똑같으니까.

한심한 걸 빼놓으면 우린 판이하게 다르다. 생김새도 성격도. 내 동생은 연예인에 미쳐 산다. 수시로 깍깍대며 뛰쳐나가고, 모니터 앞에 앉아 울고 웃는다. 어차피 연예인일 뿐인데, 남일 뿐인데 왜 그렇게 난리인지 모르겠다. 이해할 수도 없고, 이해하고 싶지도 않다. 분식집이니 쌀떡이니, 웃기지도 않는다. 그저 유치하고 한심할 뿐이다.

하지만 동생이 싫지는 않다. 방에 틀어박혀 나와 함께 귀를 틀어막고 있어 주는 사람이니까. 내가 연애하는 걸 알아도 엄마한테 이르지 않는 애니까. 뭐, 관심이 없는 거지만. 그래도 안심할 순 없다. 콘서트 티켓 값이 없거나 하는 경우, 그러니까 내 약점을 이용해야 하는 순간이 올지도 모르니까 말이다.

그러니까 지금 대는 변명이 거짓말은 아니다. 우리 엄마가 알았다면 분명 이렇게 말했을 테니까.

"똑바로 할 줄 아는 것도 없는 게 무슨 연애야. 당장 때려치워."

물론 평소에도 듣는 말이다.

"넌 도대체 할 줄 아는 게 뭐야?"

그럼, 난 뭐라고 대꾸하냐고? 난 겁먹은 얼굴로, 최대한 불쌍한 표정을 짓고 있다. 난 진짜 할 줄 아는 게 없으니까.

그런데 나도 엄마를 닮았나 보다. 조신에게 똑같은 말을 퍼붓고 싶은 걸 보면.

"넌 도대체 나에 대해 아는 게 뭐야?"

그렇다고 내가 조신을 한심하게 여긴다는 말은 아니다.

오히려 다행이다.

조신이 나를 잘 몰라서. 조신이 나를 알기 전에 헤어져서 진심으로 기쁘다.

나는 조신이 생각하는 것처럼 순수한 사람이 아니다. 하지만 순진한 건 맞는지도 모르겠다. 가끔 친구들이 하는 야한 농담을 못 알아듣는 걸 보면. 그럼 애들은 깔깔거리며 나를 아주 맑은 사람 취급한다. 사실 난 순진하지만 순수하진 않고, 겉은 착하지만 속은 꼬일 데로 꼬인 어두운 인간인데 말이다.

헤어져서 잘됐다.

이젠 조신과의 통화가 길어질 때마다 불안에 떨 일 없을 테니까.

방문 밖의 날카로운 소리가 들릴까 수화기를 틀어막을 필요도, 항상 다급하게 전화를 끊고 나서 미안해할 일도 없을 테니까.

정말 잘됐다.

내 구질구질한 일상이 우리의 순정 만화를, 예쁜 그림을 망치기 전에 끝이 나서.

"……안 돼."

조신이 한참 만에 하는 말이, 결국은 같은 말의 반복이다. 여전히 눈물을 흘리면서. 우는 모습도 참 멋있다. 눈이 깜박일 때마다 눈물이 흘러나오는 마론 인형 같다. 현실감이 없다.

현실감이 없다. 조신은 나에게 현실이 아니었다. 말을 해도, 손을 잡아도, 체온이 느껴져도 현실이라는 느낌이 들지 않았다. 조신은 나에게 언제나 꿈만 같았다.

넌 그냥 내가 꾼 꿈이야.

지긋지긋한 일상을 잊어버리게 해 주는 황홀한 꿈. 꿈이란 건 언젠가는 깨게 되어 있는 거다. 그래서 난 슬픈 것도 모르겠다.

"안 돼."

또 반복. 조신은 원래 이런 사람이 아니다. 말귀 못 알아듣는 멍청이도 아니고, 구질구질하게 매달리는 미련한 애도 아니다. 조신은 정말 쿨하고…… 멋진 사람이다.

이 말 해 주고 싶다.

나는 너를 다른 애들이 떠드는 것처럼 바람둥이로 기억하지 않을 거라는 거. 나에게 너는 참 멋진 사람이라는 거. 공부도 잘

하고 놀기도 잘하고 연애도 잘하던 멋진 애로 기억할 거라는 거. 나는 정말 너 같은 사람 처음 봤어. 대학생들도 너처럼 자유롭고 쿨하게 살진 못할 거야. 나에게 너는 언제까지나 순정 만화 속 주인공으로 남을 거야.

하지만 말할 수 없다. 말하는 순간, 울음이라는 게 툭 터질 것 같다. 나는 별로 슬프지 않다. 슬프지도 않은데 분위기에 휩쓸려 우는 건 우습다. 그래서 참고 있다. 정말 힘들게 참고 있었는데…….

"……잘못했어."

결국 울고 말았다. 조신이 말한다.

"잘못했어."

눈물이 뺨 위로 길을 내며 지저분하게 흐른다.

정말 울고 싶지 않았다. 나는 예쁘게 우는 방법을 모르니까. 나는 예쁘지 않으니까.

"그래. 그러니까 헤어져."

이런 말은 독하게 해야 하는데, 꺽꺽거리며 말하는 나는 정말이지 마지막까지 주인공감은 아니다.

나의 순정 만화 속에서 유일하게 순정 만화가 아니었던 건 바로 나 자신이었다. 만화 속 못생긴 여자애들은 늘 어느 순간 짠 하고 예뻐진다. 하지만 나는 점점 초라해지기만 한다. 좋아하는 감정이 커질수록, 나라는 존재도 확대되어 선명하게 드러난다. 그래서 견딜 수가 없었다. 그 그림들을 망치고 있는 나라는 인간을.

"안 돼."

안 돼. 잘못했어.

아마 나는 한동안 이 말만 들어도 눈물이 날지 모르겠다.

가방을 들고 일어났다.

몸을 웅크리고 나를 올려다보는 그 얼굴을 보지 않았다.

따라 나와 팔을 잡는 손을 뿌리쳤다. 나는 그대로 몸을 돌려 달아났다. 그러는 동안 한 번도 조신의 얼굴을 보지 않았다. 그리고 앞으로도 그 얼굴을 보지 않을 것이다.

나는 조신에게 내가 왜 헤어질 수밖에 없는지 설명해 주지 않을 거다. 구질구질하게 나라는 인간을 납득시키고 싶지 않다. 그 정도 자존심은 지켜도 괜찮지 않을까?

나는 아직도 네가 좋아. 죽을 것같이 좋아.

그래서 나는 헤어질 수밖에 없다.

하...
이 완벽한
비주얼~
나도 내게
반하겠네♡

그런데 이런 나를...
차겠다고?

다시, 조신의 이야기
바람둥이의 짝사랑

총 맞은 것 같다.

아, 이런 걸 두고 하는 말이었구나.

그야말로 빵!

심장이 멈춘 것 같다. 피 대신 눈물이 줄줄 흐른다는 게 다를 뿐, 총 맞은 거랑 뭐가 달라. 이별에 대처하는 법? 연애에 대한 현란한 기술 따위 머릿속에 남아 있지도 않았다. 제대로 잡지도 못했다. 잡아야 하는지, 아니면 일단 빠져야 하는지 상황 판단할 머리조차 없었다. 나는 그 순간, 말 그대로 바보였다.

순정이 사라져 보이지 않을 때까지 멍하니 서 있었던 것 같다. 그러다 번화가 뒷골목 벽과 벽 사이, 사람 하나 겨우 지나갈 너비의 샛길에 숨듯이 쭈그리고 앉아, 안평에게 전화를 걸었다.

"야, 나 눈물이 안 멎는데 이거 혹시 병이냐?"

"시뎅, 너 우냐?"

"······어."

"왜?"

"·······."

"아, 진짜. 너 어디야?"

"골목?"

"야, 일단 집으로 가. 지금 당장."

"응."

나는 안평이 시키는 대로 집으로 왔다. 나침반이라도 되는 양, 휴대폰을 꼭 쥐고.

익숙한 내 방에 들어오자, 편안해지면서 잠이 왔다. 하룻밤 자고 나면 이 모든 게 정리될 거야. 책상도 옷장도 침대도 모든 게 반듯하게 정리되어 있는 내 방처럼. 순정도 자고 나면 마음이 누그러져서 내 변명을 받아 줄 거야. 그래, 자고 나면 모든 게 다 해결될 거야.

아, 해결 안 되는구나.

순정은 전화를 받지 않는 건 기본이고, 문자도 음성 메시지도 모두 무시했다.

"이 스토커 같은 새끼가. 야! 집요하게 문자 보내는 여자 무섭다며?"

어, 그랬지. 그랬어.

"그런 자식이 하루 종일 문자질이냐? 식겁하고 도망가겠네."

아, 그건 안 되지. 일단 후퇴.

"그럼 학교 앞으로 찾아갈까?"

"야!"

"안 돼?"

"안 되지! 이 미친 새끼야!"

"그럼 집은?"

"네가 은팔찌 차고 싶어서 환장을 했구나. 어? 어린 나이에 콩밥 먹고 싶어?"

"흐어어엉."

"돌겠네. 울기는 왜 울어? 갑자기."

"나 집 몰라아."

"무슨 집?"

"걔네 집 모른다고오."

나 진짜 나쁜 놈이었나 봐. 어떻게 집도 모르지. 반년을 사귀었는데. 며칠 있으면 200일인데. 어떻게 그런 것도 모르지? 아, 이래서 차였구나. 그랬구나. 차일 만했구나.

"이 새끼가! 야, 너 우리 집도 모르잖아. 어? 너 우리 집 알아, 몰라?"

"몰라."

"3년 사귄 친구 집 모르는 게 큰일이냐, 반년 사귄 여친 집 모르는 게 큰일이냐? 어?"

"바, 반년?"

"입 안 닥치냐?"

"……."

"이걸 콱!"

"왜 화를 내고 그래? 흐어어어어엉."

"아, 시뎅. 이 새끼는 우는 것도 진짜 찌질하게 울어."

나 찌질한가? 그럼 혹시! 찌질해서 차인 건가?

"흐어어어어엉."

안평은 한숨을 길게 내쉬고는 내 머리를 쓰다듬었다.

"그러니까 내 말은, 그깟 집 모를 수도 있는 거라고. 맨날 밖에서 만나는데 어떻게 알아. 그러니까 마음 쓰지 말라고."

어떻게 마음을 안 써. 하루에도 열두 번은 미칠 것 같은데.

나는 요즘 매일 밤 태아처럼 웅크리고 잠이 들고, 아침이면 깨어나 한동안 멍하니 앉아 있다. 눈물을 줄줄 흘리면서.

"솔직히 네가 한두 번 헤어져 보냐? 선수답지 않게 왜 이래."

그러게. 나 선순데. 연애의 달인인데. 나 어쩌다 이렇게 되었지?

"나 가끔 숨이 막 막힌다. 이러다 죽으면 어떡하지?"

"숨 좀 막히는 걸로는 안 죽는다며."

그래, 그랬지.

"아니야. 그거 아니야. 내가 잘못 알았어. 죽을 수도 있을 것 같아."

"쯧쯧쯧, 시간이 약이야. 너도 알잖아."

"확실해?"

"어. 아니면 네 손에 장을 지진다."

"왜 하필 내 손이야."

"그럼 내 손에 지지냐! 시뎅!"

다행히 시간은 약이었다.

어느 날 아침, 일어나 앉았는데 눈물이 안 나왔다. 신기하게 그 이후로는 쭉 그랬다. 마치 나 다 울었어, 이번 이별에 쓸 눈물 양다 썼어, 하는 것처럼 뚝 끊겼다.

나는 일상으로 돌아왔다.

뜨겁지도 차갑지도 않은 일상으로. 하지만 계절은 가장 뜨거운 지점을 향해 달려가고 있었다. 모든 게 다 타 없어질 것 같은 여름의 절정으로.

"아, 덥다."

안평이 투덜거린다. 나는 말없이 고개를 끄덕인다. 조금은 쓸쓸하게 웃으며.

일상으로 돌아오긴 했지만, 예전과 꼭 같지는 않다. 친구들과 어울리거나 여자를 만나도 돌아서선 허탈할 뿐이고, 웃음 뒤엔 꼭 씁쓸함이 묻어난다. 그런 나에게 친구들은 말한다. 너 남자다워진 것 같다고. 여자들은 말한다. 분위기가 생겼다고. 엄마, 나 어떡해. 나 다 컸나 봐. 이런 젠장, 안 그래도 완벽한데 이젠 분위기까지.

"어디서 개폼을 잡고 지랄이야."

"시기 질투는 이제 그만. 그냥 서 있어도 폼이 나는 걸 어쩌라고. 누군 다리 길고 싶어서 길고, 얼굴 작고 싶어서 작은 줄 알아?"

"네가 돌았구나. 하긴 멀쩡한 놈이 한여름에 티를 두 장이나 껴입고, 스키니에 발목까지 오는 운동화를 신고 다닐 리가 없지."

안평도 여전하다. 아니, 안평도 좀 달라졌나? 늘그막에 사춘기가 오는지 요즘 유독 삐딱하게 군다. 패션은 또 저게 뭔가? 자기가 무슨 패션 테러리스트도 아니고. 아저씨 나시에, 다리 털 숭숭 보이는 반바지에, 슬리퍼 찍찍 끌면서 걷는 폼하며, 한 놈만 걸려라, 하는 인상까지. 딱 동네 양아치다.

"흥, 난 태생이 보송보송한 인간이라 안 덥거든."

환장하게 덥다. 하지만 오늘의 룩을 포기할 수는 없었다. 아무래도 내일은 비치 스타일로 코디를 해야겠다. 음, 하지만 나는 댄디한 스타일이 어울리…….

"어억!"

안평이 갑자기 꽥 소리를 지르더니 얼른 몸을 숨긴다.

"야, 왜 그래?"

"급하니까 일단 숨어."

샛길에 몸을 숨기고 고개를 내밀어 살피니, 아니나 다를까 멀리 서두가 보인다.

"넌 왜 여자 친구를 피하고 그러냐?"

"여자 친구 아니거든."

참, 안평은 그사이 서두와 헤어졌다. 그런데 그 이유가 참 황당하다. 아끼기 때문에 헤어지는 거라나, 뭐라나. 사랑하기 때문에 헤어진다도 아니고. 참 내, 자기들이 드라마 주인공이야, 뭐야? 사랑하는데 도대체 왜 헤어져?

결국 도서관에서 후퇴한 우리는 내 방으로 피신했다. 역시 집이 최고다. 에어컨에서 나오는 시원한 바람은 방 안의 공기를 상쾌하게 만들고, 블루 톤의 인테리어는 깔끔하게 정돈된 사물들과 완벽하게 어우러지며 더할 나위 없이 쾌적한 분위기를……

"야! 어지르지 마!"

"시뎅! 난 펼쳐 놔야 공부가 되거든!"

말리니까 일부러 더 어지른다. 남의 펜은 왜 꺼내서, 굳이 왜 방바닥에 색색으로 늘어놓는 것이며, 연필도 안 쓰면서 지우개 똥은 왜 만드는 건지. 앗, 침대 위까지!

너 도대체 왜 이래? 소리가 절로 나온다.

아, 진짜. 쟤 예전엔 안 그랬는데. 요즘 완전 청개구리 심보에, 심술도 보통 심술이 아니다.

"야, 너 요즘 왜 그러냐? 사춘기냐?"

"그래, 이 형님이 열병을 앓고 있다. 어쩔래? 건드리지 마라."

"쯧쯧. 어쩌다 그 나이에."

"이 새끼가."

"너 근데 요즘 진짜 수상하다."

"뭐가?"

"너 연애하냐?"

"이 미친 새끼가."

때마침 전화가 울린다. 안평이 화들짝 놀라며 전화를 받는다. 거봐, 수상하다니까.

박순인지 뭔지 하는 여자애인 것 같다. 요즘 줄기차게 연락하는 걸로 봐서는 사귀는 게 틀림없는데 죽어도 아니란다. 호형호제하는 사이라나 뭐라나.

"왜 전화질이야?"

말하는 것하곤. 그러니 네가 연애를 못 하는 거야.

"뭐, 글자 찍기 귀찮아? 시뎅, 넌 돈이 막 샘솟지?"

처음엔 내 눈치를 살짝 보더니, 어느새 통화에 푹 빠져든다.

"만두 볼살 빠진 거 봤냐? 내가 눈물 나서 진짜. 뭐, 인마? 걔가 뺄 데가 어디 있어. 시뎅, 넌 측은지심을 마스터하지 못했냐?

개 살 빠져서 기력 빠지고 힘 빠져서 쓰러지면 네가 책임질 거야? 어? 노년에 이 흔들리다 임플란트 하면 어쩔 거냐고."

만두는 도대체 누구야? 누군데 임플란트까지 걱정해?

점점 심기가 불편해진다. 박순은 대체 정체가 뭐지? 아무리 봐도 보통 사이는 아닌 것 같은데. 왜 굳이 아니라고 딱 잡아떼는 걸까?

"아, 끊어."

쯧. 그런 식으로 말하면 연애 못 한다니까. 아, 아닌가? 순간의 섬광 같은 깨달음과 함께 밀당의 기운이 느껴졌다.

"내가 댁을 또 왜 봐?"

이 새끼, 이거 지금 보니 완전 고수다.

"하다 하다 이젠 남산에 자물쇠까지 채우겠다?"

아니, 저것은 연인들의 로망, 남산 가서 사랑의 자물쇠 채우고 오기 아닌가!

"어디서 부탁이야! 우리 친한 사이 아니거든. 뭐? 밥? 왕돈까스? ……몇 날 몇 시야."

브라보!

전화를 끊으며 투덜거리는 안평에게 감탄을 내뱉었다.

"내 친구에게서 나쁜 남자의 향기가 난다."

"뭐래?"

"너 솔직히 말해. 너 박순이라는 애 때문에 서두랑 헤어진 거지?"

"아, 뭐래?"

"이 나쁜 놈."

"아, 시뎅!"

"칫."

끝까지 말 안 해 준다 이거지. 삐친 척 드러누웠다. 그런데 정말 기분이 확 나빠진다. 우리가 고작 그런 사이였나? 말 못 할 게 뭐 있다고. 까짓, 내가 알면 안 되는 게 뭔데? 내가 서두한테 가서 미주알고주알 떠들 것도 아닌데. 나를 못 믿나? 그 여자애랑은 그렇게 수다를 떨면서 나한테는 욕이나 하고. 사람 마음을 상하게 해도 정도가 있지. 안 그래도 실연의 상처로 상심이 큰 친구한테 말이야.

찔끔 눈물이 나, 엎드려서 몰래 눈물을 찍어 냈다. 어찌나 마음이 상했는지, 눈물 묻었으니까 베개 커버 빨아야겠다는 생각도 안 든다.

이건 내가 소심해서 흘리는 눈물이 아냐. 사람이면 누구나 서운한 거라고.

서두만 해도 그래. 내가 큰 맘 먹고 소개해 줬는데 말이야, 자기가 좋다고 해 놓고 말이야, 걔가 지금 얼마나 힘들어 하는데 딴 여자애나 만나고. 뭐, 남산? 자물쇠? 왕돈까스? 얼씨구. 참 내, 서두는 지금 식음을 전폐하고 살이 쪽, 빠지진 않았구나. 어쨌든 서두가 밥 잘 먹고 다닌다 해도, 여린 애라고. 나도 잘 몰랐었지만. 어쨌든 결론은 네가 나쁜 놈이라는 거지!

서운함을 곱씹다 잠이 들었나 보다.

잠결에 누군가의 호흡이 느껴졌다.

누군가 내 곁에 있다.

잠든 와중에도 누군가 곁에 있다는 사실에 울컥한다. 누구라도 좋으니까 나를 좀 안아 주었으면 좋겠다. 팔을 뻗어 끌어안고 싶은데, 가위에 눌린 것처럼 팔이 움직이지 않는다.

"……친구라니까."

아, 안평이구나. 미소를 지으며, 다시 또 잠에 빠져들려고 했는데…… 잠깐, 얼굴이 다가오는 이 익숙하면서도 낯선 상황은 뭐지?

가까이 있어서 좋긴 한데, 이건 좀 너무 가까운데. 이건 마치…….

안평이 내뱉은 숨으로 입술이 간질간질하다.

어휴, 답답해.

뭘 이렇게 뜸을 들여. 그러다 잠 다 깨면 어쩌려고. 치고 빠져야지. 모든 건 타이밍이라고. 내가 그렇게 누누이 말했건만 넌 도대체 뭘 배운 거야? 이런 식으로 백날 해 봐라. 뽀뽀 한번 제대로 못 하지. 자, 잠깐만, 지금 안평이 누구한테 뭘 해? 순간, 잠이 확

깼다. 그와 동시에 입술이 닿았다.

애, 그런데 왜 이렇게 떨어.

뽀뽀 처음 해 보는 사람처럼. 혹시 처음인가? 서두랑 뽀뽀도 안 하고 뭐 한 거야? 플라토닉 러브야, 뭐야. 짐승같이 생긴 게. 아, 감자가? 그럼, 곡물같이 생긴 건가? 야채? 채소? 탄수화물? 아유, 지금 이게 중요한 게 아니지. 아, 좀 고만 떨라고. 내가 지금 코치해 줄 입장도 아니잖아. 자는 척해야 하는데.

안평은 진동 모드라도 된 것처럼 달달 떨다가 금세 떨어져 나갔다. 떨어져 나간 뒤에도 한동안 달달거리는 진동이 전해지는 걸로 봐서, 침대에 기대 나를 보고 있는 것 같았다.

꿀꺽.

침 삼키는 소리가 방 안에 크게 울린다. 일 다 저질러 놓고 침은 왜 삼켜? 삼키려면 하기 전에 삼키든가. 너 때문에 나도 침이 막 고이잖아, 젠장! 꾹 참고 있는데, 안평이 조용히 일어났다.

그리고 조심조심 내 방을 나갔다.

도둑질했냐? 뭘 그렇게 조심해. 숨 막혀 죽겠네. 아, 하긴 했구나. 내 입술. 이 도둑놈!

안평이 거실을 지나는 소리가 들리고, 현관문이 닫히는 소리가 들린 뒤에도 나는 눈을 뜨지 않았다. 나는 생각보다 놀라지도, 복잡한 생각 속에 고민하지도 않았다. 다만 나를 다시 잠결 속으로 밀어 넣었다.

나 지금 잠결이고, 꿈꾼 거야. 클 땐 다 그래. 봐, 지금도 꿈속이잖아. 저기 순정도 보이네.

"……."

안평, 한 번만 너의 주문을 빌릴게.

레드 썬!

아, 진짜 '레드 썬!'을 외쳐 주고 싶다.

화륵!

그야말로 화륵 소리를 내며 불타오르는 것 같다. 뭐가? 안평의 얼굴이. 나를 보자마자 얼굴이 시뻘게지더니, 괜히 민망하니까 버럭 화까지 낸다.

"넌 시뎅! 맨날 늦게 오냐?"

"내가 먼저 와 있었거든."

친구야, 제발 정신 좀 챙겨라.

"그리고 여기 도서관이거든."

안평은 사람들로부터 온갖 눈총을 받은 뒤, 내가 맡아 놓은 옆자리에 앉았다.

네가 그러니까 내가 애써 걸어 놓은 최면이 다 깨져 버리잖아. 그렇게 온 얼굴로 '나 너한테 뽀뽀했어.'라고 말할 것까진 없잖아, 이 도둑놈아.

네 마음 알아. 다 안다고.

남산 가기 전에 나한테 연습해 본 거 아니야. 난 다 이해할 수 있어. 친구 사이에 뽀뽀 당할 수도 있고 그런 거지, 뭐 어때? 안 그래?

나는 괜찮다는 의미로 안평의 등을 토닥여 주었다.

화르륵!

어이쿠, 우리 친구 얼굴에 화상 입겠네. 손바닥으로 얼굴을 감싸 식혀 주었다.

푸쉭~

봤지? 난 손이 얼음장 같은 남자라고.

그런 일도 있었는데 스킨십 하면 안 되는 거 아니냐고? 아니. 나는 평소와 똑같이 행동하겠어. 왜냐하면 나는 널 오해하지 않으니까!

화륵! 화르륵!

결국 우리는 공부를 접고 휴게실로 왔다.

"보충 수업 언제 끝나지? 한 시간쯤 남았나?"

"무슨 보충 수업?"

"고3들 방학 때도 보충 수업 하잖아."

"그게 왜?"

"만나려고."

안평의 얼굴이 확 굳는다. 넌 정말 얼굴로 말을 하는구나. 그런데 왜 난 이제껏…….

"뭐하러?"

"생각해 봤는데, 내가 진짜 잘못했어."

"그래서 뭐, 이제 와서 사과라도 하려고?"

"아니."

안평이 나를 뚫어지게 본다. 슬그머니 시선을 피하며 말했다.

"다시 시작하려고."

봐. 난 널 절대 오해하지 않아. 그러니까 이런 얘길 아직도 털어놓을 수 있는 거야.

안평의 얼굴이 하얗게 식는다.

"이제 와서? 한 달이나 지난 지금?"

"어."

"가려면 진작 가든가."

"네가 찾아가지 말라며."

"……그랬는데, 왜 갑자기?"

"갑자기 아니야. 계속 생각하고 있었어."

안평이 피식 웃는다. 이번엔 내 얼굴이 불타오른다.

"좀 많이 늦은 것 같은데."

"지금도 안 늦었어."

"늦었어. 헤어졌으면……."

이쯤에서 그만 멈춰 줬으면 좋겠다.

"끝인 거야. 너 그러는 거 지저분하고 추해. 걔 지금 중요한 시기인 거 몰라? 너 이러는 거 진짜 이기적인 거야."

안평이 계속해 독설을 퍼붓는다.

"그런 감정은 그냥 죽이는 거야. 안 죽어도 그냥 죽은 척하고 있는 거야."

나는 돌아서며 말했다.

"그래도…… 나는 다시 시작해야겠어."

좀 더 빨리 돌아섰으면 좋았을걸. 안평의 눈이 붉어지기 전에. 아니, 그걸 내가 보기 전에.

가방을 챙겨 도서관을 나서면서, 아무렇지 않게 말했다.

"이따 보자."

다정하게 웃어 주기도 했던 것 같다.

나는 널 오해하고 있지 않으니까. 그러니까 평소처럼 행동할 수 있어.

다리가 달달 떨려 왔지만, 속도를 멈추지 않고 계속 걸었다.

이게 다 다리가 길어서 그래. 심장이랑 이렇게 먼데 혈액 순환이 잘될 리가 없잖아. 그래서 후들거리는 거라고.

실없는 소리를 중얼거리며, 바닥을 탁탁 차며 걸어도 좀처럼 동요가 가라앉지 않는다. 속도를 늦추지 않고 재게 걸어도, 안평의 마지막 얼굴이 떨쳐지지 않는다.

"그런 감정은 그냥 죽이는 거야. 안 죽어도 그냥 죽은 척하고 있는 거야."

안평의 마지막 말이 계속해 나를 따라온다. 그 말이 나를 아프게 한다. 하지만 그 아픔이 무슨 의미인지 나는 잘 모르겠다.

"만약에 말이야."

우리 집에서 시시한 좀비 영화를 같이 볼 때였다.

"실제로 저런 일이 일어나도 저렇게 싸울 수 있을까? 나만 빼고 사방에 모두 좀비인데, 저렇게 나와서 싸울 수 있을까?"

"에이, 현실에선 못 그러지. 몇 처치한다고 끝나는 것도 아닌데. 현실에선……."

그래서 우리의 결론이 뭐였냐고?

"시체 더미 속에 몸을 묻고 있는 거야. 들키지 않게. 죽은 것처럼 그렇게 사는 거지."

그 말이 안평의 입에서 나왔는지, 내 입에서 나왔는지는 정확히 기억나지 않는다. 지금이라면 우리는, 나는, 다른 결론을 내릴 수 있을까?

"그런 감정은 그냥 죽이는 거야. 안 죽어도 그냥 죽은 척하고 있는 거야."

그건 네가 나에게 하는 말일까, 내가 너에게 하는 말일까?

막다른 골목에 서서 주문을 외운다.

레드 썬.

안평, 네 주문은 효과가 없나 봐. 네 약해 빠진 주문 따위, 아무런 효과가 없어. 네 주문은 엉터리였어.

남의 주문 가지고 투덜거리지 말고 내 주문을 쓰라고? 하지만 나는 주문이 없는걸.

주문이 필요하지 않았으니까.

나는 늘 외로웠지만, 내 주위엔 고민을 들어 줄 친구들이 줄을 서 있었으며, 비록 순간이라 할지라도 모든 걸 잊게 해 주는 즐거운 일들이 차고 넘쳤다.

그리고 항상 안평이 있었다. 나를 가장 깊이 공감해 주는 사람. 나를 가장 편하게 쉬게 해 주는 사람. 나를 가장 안정된 관계 속으로 이끄는 사람.

그런데 지금은 너에게 위로받을 수 없다. 나는 너에게 솔직해질 수 없으니까. 네가 나에게 진실을 이야기하기를 원하지 않으니까.

네가 언젠가는 나에게 네 비밀을 털어놓아 주기를 바라면서도, 그게 나를 향한 고백은 아니길 바라는.

나 이기적인 거지?

그래, 나는 이기적인 인간이라서 순정을 찾아온 건지도 모른다. 안평에게 받을 수 없는 위로를 받기 위해서. 이 혼란스러운 마음을, 놀란 마음을 다독여 줄 사람이 필요해서.

아니, 그런 이유가 아니야.

구구절절 변명을 늘어놓으며 나를 합리화시킨다.

나는 아직도 순정을 좋아해. 나는 아직도 순정을 떠올리면 마음이 아파. 나는 아직도 순정과 다시 시작하고 싶어.

그건 진심이다.

하지만 그렇다고 해서 지금의 이 행동이 미화될 수는 없는 거겠지.

나는 치사하고 비겁해. 어쨌든 좋으니까, 순정, 제발 나를 위로해 줘.

퀭한 얼굴로 순정이 다니는 학교의 교문을 주시했다. 아무런 생각도 하지 않으려 애쓰며, 내가 감당할 수 없는 생각들이 떠오를까 초조해하며 순정만을 기다렸다.

아이들이 쏟아져 나오며 나를 힐끔거린다. 더러 수군거리기도 한다. 수군거림이 어느 한 방향으로 몰리는가 싶더니, 순정이 나타났다.

익숙한 머리꼭지가 보이고, 곧이어 순한 얼굴이 고개를 든다.

나는 순정을 향해 미소를 지어 줄 생각이었다. 그런데 이상하게도 얼굴이 굳어진 채 풀어지지 않았다. 나는 순정을 노려보듯 빤히 보고만 있다.

내가 순정과 마주친 순간 느낀 감정은 우습게도 원망이었다.

숨겨 왔던 감정들이 울컥 치밀어 오르면서 원망의 말들이 입 밖으로 쏟아져 나올 것만 같다.

너 어떻게 그렇게 쉽게 끝내? 너 한 번도 티 낸 적 없잖아. 뭐가 불만인지, 뭐가 문제인지, 너 한 번도 말한 적 없잖아. 너 나한테 한 번도, 단 한 번도 기회 주지 않았잖아!

붙잡고 따지고 싶다.

하지만 잡지 못했다.

표정 없이 나를 지나쳐 가는 순정이 너무나 낯설다.

나는 순정을 다 안다고 믿었는데, 아니었나 보다. 무려 반년이 아니라, 고작 반년이었나 보다. 나는 사실 내가 최고의 남자 친구라 믿고 있었다. 그런 착각과 오만 속에 빠져 살았다. 그런데 아니었나 보다.

이젠 날 좋아하지 않아?

물어볼 자신이 없다.

땀이 비 오듯 흐르는데, 오한이 든 것처럼 온몸이 떨려 온다.

내가 지금 하고 있는 게 짝사랑일지 모른다는 생각만으로도 무서워 죽을 것만 같다.

왜 이렇게까지 되어 버린 걸까? 왜 이렇게까지…… 좋아하게 되어 버린 걸까?

내가 이렇게까지 순정을 좋아하는지 몰랐다.

그리고 그 사실이 왜 이렇게 무서운 걸까?

나는 늘 조심해 왔다. 너보다 내가 더 좋아하지 않도록. 그렇게 상대방의 사랑을 짝사랑으로 만들며 나는 웃을 수 있었다. 나는…… 짝사랑하는 것 같은 얼굴의 순정을 보며, 안심했고 즐거

워했고 웃었던 것이다. 그랬는데 왜 이렇게 되어 버린 거지?

순정도 이렇게 무서웠을까?

그래서 우리의 사랑을 반쪽으로 만들어 버린 걸까?

두렵고 혼란스러워 주위를 둘러봐도, 던지듯 답을 말해 줄 안평이 없다. 등줄기가 차갑게 식는다. 나는 우정이란 이름 안에서 너무 무방비했다. 네가 우정이란 테두리 밖으로 나가 버리면, 나는 어떻게 해야 하는 거지? 짝사랑 같은 내 반쪽짜리 우정은 어떻게 되는 거지?

파란 하늘에 가로로 잘려진 낮달이 나를 비웃듯 붙어 있다. 얼핏 하나의 동그란 달처럼 보이지만 미세하게 틀어진 반달 두 개. 각자 반쪽만 가지고 하나인 척, 그런 척했던 거야?

벽과 벽 사이, 언젠가 왔던 샛길에 숨듯이 앉았다.

습관처럼 휴대폰을 들고 안평에게 전화를 걸려고 한다.

"미친."

스스로에게 비웃음을 날리며 휴대폰을 꺼 버렸다.

나 진짜 차였어, 걔 정말 끝이었던 거야, 따위의 말을 내뱉으며 아무것도 모르는 척, 또다시 안평의 위로를 받으며 편안해질 수도 있다. 안평은 분명 나를 위로해 줄 것이다. 하지만 그래선 안 된다.

그게 안 된다면, 수십 명의 친구들에게 징징대는 메시지를 보낼 수도 있다. 그들 중 상당수는 나에게 전화를 걸거나 실시간 채팅을 요청해 올 것이다. 나는 손쉽게 위로받을 수 있을 것이다. 하지만 내키지 않는다.

"아, 짜증 나. 왜 길을 막고 지랄이야."

여자애 둘이 샛길로 지나가려다 웅크린 나를 보며 말한다. 하지만 내가 고개를 들자 금세 말투가 변한다.

"어?"

"조신이다."

얼굴이 낯익은 걸로 봐서, 언젠가 한두 번 어울린 적이 있는 애들인 것 같다.

"무슨 일 있나?"

"어디 아픈 거 아냐?"

"같이 가자고 할까?"

"야, 네가 말해."

"왜 나한테 그래."

괜히 키득거리면서 자기들끼리 속닥거린다. 다 들리는데.

눈을 반짝이며 내 쪽으로 다가온다. 필요 이상으로 친절하게 웃으며.

그래, 지금 이 늑대 같은 여자애들을 따라가 무조건적인 위로를 받을 수도 있다. 하지만 그것 역시 내키지 않는다.

나는 일어나 비켜서며 말했다.

"가던 길 가세요."

여자애들 얼굴이 확 굳는다.

"아씨."

"재수 없게."

나를 지나치며 불쾌한 기분을 감추지 않는다.

왜 이 애들은 나에게 필요 이상으로 친절하게 굴다가, 필요 이상으로 불쾌한 감정을 드러내는 걸까? 그렇게 바꿔 쓸 수 있는 가면 같은 위로라면, 차라리 혼자 있고 싶다.

소원대로 혼자 남았다. 뜨거운 한낮의 번화가 뒷골목, 바람 한 점 통하지 않는 샛길엔 정적이 흐른다.

난 언제나 혼자인 게 싫었다. 혼자인 게 지겨웠다. 하지만 돌이켜보면, 지금처럼 철저하게 혼자였던 적은 없는 것 같다.

혼자다. 진짜 혼자다.

이상하다. 생각보다 끔찍하지 않다. 두려워했던 것보다 견딜 만하다. 그리고 무엇보다 싫지 않다. 그래, 잠깐만 이 시간 속에 있자.

지금 이 시간이 나에게 꼭 필요한 시간인지도 모르니까.

도망치지 않고 버티게 만들어 줄, 그래서 그들과 내 반쪽짜리 사랑에 한 발짝 다가설 수 있는, 나만의 주문을 만들 그런 시간.

작가의 말

나의 학창 시절은 연애와는 거리가 멀었다.

남자 친구는 커녕, 책가방과 커플이 되어 아침부터 밤까지 붙어 다녔다. 노랗게 뜬 얼굴로 피곤에 전 몸을 질질 끌면서 말이다. 떠올려 보면 암울하기 짝이 없다. 회색빛에 물든, 평범한 지극히 평범한 아이였다.

하지만 그런 나에게도 핑크빛 '연애담'은 있다.

걔도 나를 좋아할까? 풀 수 없는 수수께끼에 빠져 밤을 지새웠고,

근사한 오빠가 일하는 커피숍을 지나치며 심장질환을 우려하기도 했으며,

동창회를 핑계로 남학생들과 어울려 극장이나 노래방을 가기도 했다.

짝사랑하는 남자애를 보려고 주변을 어슬렁거리는가 하면,
좋아하는 그 애를 놔두고 다른 아이에게 눈을 돌리기도 했다.
이게 다인 줄 아는가? 순정 만화 뺨치는 사건들도 꽤 있었다.
늦은 저녁 때 찾아온 후배에게 수줍은 선물을 받기도 했고,
가는 곳마다 꽃미남들이 포진하는 호사를 누렸으며,
'쟤가 왜 나를? 제정신인가?' 하는 생각이 들 정도로 잘생긴
남자애가 나를 좋아한다는 괴소문을 듣기도 했다. 이 괴소문은
훗날 진실로 밝혀졌으나, 그럼 뭐하나? 소문만 있는 대로 내 놓
고 정작 본인은 말없이 웃기만 하는 것을.
너 왜 그랬니? 응?
내가 그뿐이면 말을 안 한다.
누군가를 좋아하는 게 무서워 늘 마음을 다잡았지만, 너무도
쉽게 사랑에 빠져 버렸고,
고백하지 못한 사랑이 병이 되어, 세상 끝에 서 있는 것 같은
절망감을 느끼기도 했다.

이렇게 많은 일이, 한 평범한 소녀에게 있었다. 나뿐만이 아
니다. 내 친구들 모두 할 말이 많아도 너무 많았다. 그래서 우
리는 붙어 앉았다 하면 연애 얘기를 하기 바빴다. "걔가 말이
지……."로 시작해 부풀려지다 어느덧 추리 소설 뺨치게 되는 우
리들의 연애 이야기.

밤새 떠들어도 모자랐다.

화려하게 연애를 했든, 가슴 아프게 짝사랑만 했든 내 연애는, 우리의 연애는 그런 것 아닐까? 남들에게는 시시할지 몰라도 나에겐 특별하고 신기하고 궁금해 죽겠는, 그런 이야기가 우리 모두에게 있을 것이다.

그 평범한 이야기에 약간의 로망을 더해 보았다. 연애란 원래 그런 거니까.

한때 내가 좋아한 스타가 뉴스에 나온 걸 본 적이 있다.

화려했던 시절이 끝난 뒤 추억의 이름이 되었을 즈음, 그는 망가진 모습으로 뉴스에 등장했다.

갑작스러운 인기의 하락. 그는 그걸 견디지 못했다고 한다. 견뎌 내지 못해 내내 망가져 갔다고 한다. 그 소식을 접하며 너무나 마음이 아팠다. 그의 절망은 내가 쉽게 짐작할 수 있는 것이 아닐 것이다. 하지만 주제넘은 말이라 해도, 이 말을 전해 주고 싶었다.

하나의 연애가 끝났을 뿐이라고……. 세상이 끝나고, 인생이 끝난 건 아닐 거라고…….

그가 새로운 연애를 시작할 수 있길, 만나게 되길 바란다.

방미진

놀 청소년문학 시리즈

놀 청소년문학은 10대들이 스스로 선택해서 읽고 싶은 재미있는 책들을 소개합니다.
책 속에서 나를 만나고, 나를 넘어선 세상과 만나게 이끌어 주는 새로운 성장문학선입니다.

1 리버보이 팀 보울러 지음

★카네기 메달 수상 ★2008 네티즌 선정 올해의 책
죽음을 앞둔 할아버지와 열다섯 살 손녀의 이별 여행을 통해 만남과 헤어짐,
삶과 죽음 뒤에 숨겨진 인생의 진실을 아름답게 그린 성장 소설. 전 세계 21
개국 10대들의 영혼을 두드린 최고의 성장 소설로 꼽힌다.

2 스타시커 1, 2 팀 보울러 지음

아버지를 잃은 상실감과 세상에 대한 반항심으로 마음을 닫아 버린 열네 살
소년이 서서히 마음의 문을 열고 상처를 치유해 나가는 과정을 담고 있다. 풍
부하고 서정적인 풍경 묘사에 음악적 묘사와 미스터리가 곁들여진 매혹적인
작품.

4 미안해, 스이카 하야시 미키 지음

★2009 한우리 선정 좋은 책 ★2008 우리교육 선정 좋은 책
아사히신문, 요미우리신문 등 일본 언론을 통해 화제가 되었던 열네 살 왕따
소녀의 실화 소설. 수많은 학교에서 권장 도서로 채택되었다. 청소년들에게
우정의 소중함과 스스로를 사랑하는 마음의 중요성을 가슴으로 전해 주는
작품.

5 스쿼시 팀 보울러 지음

세상의 잣대를 들이대며 성공만을 강요하는 아버지와 그 안에서 끊임없이 억
눌리다가 마침내 자신의 진정한 목소리를 찾게 되는 한 아들의 이야기. 동시
에 아픔을 지닌 아이들이 상처를 나누고 그 속에서 용기와 희망을 되찾아 가
는, 우정에 관한 이야기이기도 하다.

6 꼬마 난장이 미짓 팀 보울러 지음

★뉴욕 도서관 청소년문학상 수상
뒤틀린 팔다리, 평균에 훨씬 못 미치는 키, 자신의 의사조차 제대로 표현할
수 없는 장애를 갖고 태어난 주인공 미짓. 그러나 미짓은 삶에 대한 희망을
놓지 않는다. 짜임새 있는 구성, 아름다운 서정성, 가슴을 적시는 여운……
책을 덮는 순간 가슴이 먹먹해지는 감동적인 성장 소설.

7 마름모꼴 내 인생 배리언 존슨 지음

★뉴욕 도서관 선정 10대 권장 도서 ★언어 협회 선정 올해 최고의 성장 소설
★텍사스 도서관 협회 선정 고등학교 추천 도서
10대 소녀의 임신이라는 주제를 섬세하면서도 현실적으로 그려 낸 성장 소
설. 작가는 너무 일찍 엄마가 되어 버린 특별한 10대들의 달콤살벌한 성장 이
야기를 따뜻하고 건강한 시선으로 그려 냈다.

프로즌 파이어 1, 2 팀 보울러 지음

★2007 힐북상수상 ★2007 하이랜드 북상수상 ★2007 레드브릿지 북상수상
★2007 스탁포트 스쿨스 북상수상 ★2008 사우스 라나크셔 북상수상

한 소녀가 스스로의 아픔을 마주하며 상처를 치유해 나가는 과정을 뜨거운 문제로 그렸다. "놀라운 심리 성장 소설! 팀 보울러의 작품 중 최고"라고 극찬 받은 소설.

바르샥 시몬 스트레인저 지음

★2012 아침독서 추천도서 ★노르웨이 국가 문학 재단 NORLA가 선정한 번역 지원 도서

열다섯 살 에밀리에는 다이어트가 인생 최대의 고민인 소녀. 하지만 여름 방학을 맞아 놀러간 그란카나리아 섬에서 우연히 불법 체류자 소년 사무엘을 만나면서 모든 게 달라지기 시작한다. 자신의 상황에만 매몰된 청소년들에게 세상 반대편의 가슴 아픈 현실을 보여 주는 책.

우리 둘뿐이다 마이클 콜먼 지음

★한우리 독서 올림피아드 중등부 필독서 선정

학급의 약탈자 토저 그리고 토저의 타깃이었던 대니. 우연히 참가한 여름 방학 캠프에서 하필이면 같은 팀이 된 그들. 설상가상으로 깊은 동굴 아래에 단둘만 갇히는 사고가 일어난다. 폭우까지 쏟아져 물이 차오르는 위태로운 상황에서 둘은 처음으로 서로를 마주 보게 되는데……

내 못생긴 이름에게 엘리스 브로치 지음

'콤플렉스 인생들의 자존감 찾기'라는 주제와 '셰익스피어의 비밀'을 절묘하게 버무린 성장 소설. 역사학을 전공한 저자는 전혀 어울릴 것 같지 않은 조합을 성공적으로 풀어냈다.

개를 훔치는 완벽한 방법 바바라 오코너 지음

미국 전역을 울리고 웃긴 최고의 가족 소설. '가난과 부서진 가족'이라는 무거운 주제를 열한 살 소녀의 시선으로 유쾌하게 풀어냈다. 시종일관 위트와 유머, 천진난만함을 잃지 않고 가족과 인생과 사랑을 이야기한다.

그 여자가 우리 엄마야 로즈 임피 지음

★2012 아침독서 추천도서

어느 날 갑자기 기네스북에 도전장을 내민 엉뚱한 엄마. 땅속에서 오래 버티기 부문에 참가해 세계 신기록을 세우겠다고 큰소리를 치는 엄마가 부끄럽고 걱정스럽고 조금은 야속한 열세 살 아들의 150일 버티기 대작전.

블레이드 1, 2, 3, 4 팀 보울러 지음

과거를 극복하고 미래로 나아가려는 한 소년의 투쟁을 속도감 있게 그려 낸 소설. 어두웠던 과거를 묻고 스스로 숨어 버린 소년 블레이드가 다시금 과거의 사건을 마주하고 이겨 내는 과정을 일인칭 시점의 독특한 구성으로 보여 준다. 성장 소설의 대가 팀 보울러의 새로운 스타일을 만날 수 있는 작품.

나의 완벽한 자살노트 산네 선데가드 지음

집단 따돌림을 견디지 못해 자살을 결심한 열네 살 소녀의 2주간을 그린 소설. 죽음을 앞두고 삶을 정리하기 위해 일기를 쓰기 시작한 주인공 아그네스가 자살의 유혹을 넘어 생을 이어 나갈 이유와 희망을 발견해 나가는 과정을 다른 어떤 소설보다도 유쾌하고 재기발랄하게 그려 냈다.

첫 키스는 사과 맛이야 1, 2 (1권) 고운기 해설 | 금동원 그림
(2권) 박경장 해설 | 정 일 그림

★2012 책따세 추천도서

윤동주 시인에서 안도현 시인까지, 윌리엄 워즈워스에서 로버트 프로스트의 작품에 이르기까지…… 두 서양화가 금동원, 정일의 감성적인 그림과 함께 읽는 국내외 대표 성장시 103편!

소녀들의 거짓말 발레리 쉐러드 지음

성추행을 당했다고 고백한 단짝 친구를 위해 법정에서 거짓 증언을 하게 된 열일곱 살 소녀 샤나. 그러나 곧 성추행 사건에 뭔가 석연치 않은 점이 있다는 사실을 깨닫는다. 그릇된 우정으로 시작된 한순간의 거짓말, 그리고 그것을 바로잡으려는 한 소녀의 용기 있는 선택을 흥미진진하게 그려 낸 작품.

서머타임 에드워드 호건 지음

부모님의 불화가 자신의 탓이라는 죄책감에 시달리던 다니엘은 학교생활에도 일상생활에도 적응하지 못하고 겉돌기만 한다. 결국 이를 걱정스럽게 여긴 아버지의 손에 이끌려 휴양지로 치유 여행을 떠난다. 그리고 그곳에서 비밀스러운 소녀 렉시와 만나면서 우정을 쌓고 신비로운 경험을 하게 되는데……. 가족의 붕괴로 방황하던 소년의 아주 특별한 성장기.

오월의 충치 도시마 미호 지음

인생에서 가장 길고도 아름다운 6년. 초등학생 센리에게도 인생의 고민들이 하나둘 생겨나기 시작한다. 어른이 되어 가면서 어렴풋이 느끼게 되는 필연적인 감정들, 달콤하면서도 씁쓸한 감정들을 경험하고 받아들이면서 한층 더 성장하는 센리의 모습이 감동적으로 그려진다.

호텔 로완트리 팀 보울러 지음

낡은 호텔 로완트리를 둘러싸고 연이어 벌어지는 불길한 사건들이 시골 마을과 가족의 일상을 뒤흔든다. 살인 사건에 맞닥뜨린 열네 살 소녀 마야의 이야기를 통해 10대 안에 내재된 불안과 혼란, 공포를 긴장감 넘치게 그려 낸 팀 보울러의 미스터리 스릴러.

오빠 손을 잡아 N. H. 센자이 지음

아프가니스탄의 수도 카불. 탈레반의 압제를 피해 목숨을 걸고 탈출하던 밤, 군인들에게 쫓기던 파디는 그만 여동생 마리암의 손을 놓치고 만다. 결국 어린 마리암을 홀로 남겨 둔 채 국경을 넘은 가족. 파디는 슬픔과 죄책감에 휩싸여 미국으로 향하는데……. 아프가니스탄 난민 가족의 삶을 열두 살 소년의 시선으로 뭉클하게 그려 낸 작품.

내 이름은 올스타 아론 카로 지음

17살 소년 척은 심한 강박 장애 때문에 친구들과 어울리지 못해 늘 왕따, 얼간이, 루저 취급을 당한다. 하루하루 지루하고 괴로운 학교생활을 견디고 있던 척의 눈앞에 어느 날 에이미라는 예쁜 전학생이 나타나고, 척은 첫눈에 사랑에 빠지고 마는데…… 이제 인생 최대의 콤플렉스인 강박 장애를 극복하고 첫사랑 에이미를 지키기 위한 척의 도전이 시작된다.

어쩌다 연애 따위를 방미진 지음

짝사랑으로 골이 아픈 10대, 연애하고 싶어 안달이 난 10대, 이성 친구 단속하느라 바쁜 10대를 위한 대한민국 청소년들의 리얼 연애 스케치. 각기 다른 개성과 사연을 가진 다섯 명의 아이들이 다채로운 색깔의 사랑을 펼쳐 보인다. 바람둥이든, 날라리든, 게이든, 빠순이든, 소심녀든 모두모두 연애로 대동단결!

청소년문학 시리즈는 계속 출간됩니다.

어쩌다 연애 따위를

초판 1쇄 발행 2013년 12월 10일
초판 2쇄 발행 2015년 1월 30일

지은이 방미진
펴낸이 김선식

경영총괄 김은영
마케팅총괄 최창규
콘텐츠개발2팀장 김현정 **콘텐츠개발2팀** 백상웅, 문성미, 이은 **책임마케터** 이상혁
마케팅본부 이주화, 이상혁, 최혜령, 박현미, 반여진, 이소연
경영관리팀 송현주, 권송이, 윤이경, 임해랑
외부스태프 디자인 이지은

펴낸곳 다산북스 **출판등록** 2005년 12월 23일 제313-2005-00277호
주소 경기도 파주시 회동길 37-14 3, 4층
전화 02-702-1724(기획편집) 02-6217-1726(마케팅) 02-704-1724(경영관리)
팩스 02-703-2219 **이메일** dasanbooks@dasanbooks.com
홈페이지 www.dasanbooks.com **블로그** blog.naver.com/dasan_books
종이 한솔피엔에스 **출력·인쇄** 스크린

ISBN 979-11-306-0081-9 (44810)

다산북스(DASANBOOKS)는 독자 여러분의 책에 관한 아이디어와 원고 투고를 기쁜 마음으로 기다리고 있습니다.
책 출간을 원하는 아이디어가 있으신 분은 이메일 dasanbooks@dasanbooks.com 또는 다산북스 홈페이지 '투고
원고'란으로 간단한 개요와 취지, 연락처 등을 보내 주세요. 머뭇거리지 말고 문을 두드리세요.

.